震災風俗嬢

小野一光

集英社文庫

目次

東北地方
関連地図
秋田
盛岡
秋田県
岩手県
北上
釜石
水沢区
(奥州)
大船渡
前沢区
(奥州)
陸前高田
一関
気仙沼
栗原
登米
南三陸町
山形県
宮城県
石巻
山形
仙台
福島
南相馬
福島県
郡山
福島第一
原子力発電所
N

震災風俗嬢

本書に登場するカタカナ表記の人名はすべて仮名です。

第一章　瓦礫の先に現れた風俗店

二〇一一年三月十一日、午後三時よりも少し前——。

出張でやって来た福岡での仕事を終えた私は、生まれ故郷の北九州市にある関門《かんもん》海峡を見下ろす展望台で、中学時代の悪友と缶コーヒーを飲んでいた。

眼下には九州と本州を結ぶ関門橋が延び、その下の海峡を貨物船が行き来する。のどかで懐かしい景色だった。

とくに急ぎの用事もなく、今晩は小倉《こくら》の繁華街で酒を飲み、明日にでも東京へ戻ろうと考えていた。

煙草《たばこ》を取り出そうとしたとき、ズボンのポケット内の携帯電話が震えた。何気なく見ると、契約している通信社のニュース速報が入ったことを知らせる画面だった。メニューボタンを押し、画面を進める。よくある長い解説記事ではなく、簡素な文面が現れた。

〈宮城県栗原《くりはら》市で震度7〉

「震度七ぁ！」

思わず声を上げていた。

「なん、どうしたんね?」

一緒にいた悪友が訊《き》いてきた。

「いや、宮城県の栗原で震度七だって。悪い、小倉駅まで送って」

すぐ現地に行かなければ、との思いがまず頭に浮かんだ。

震度六強の最大震度を記録した〇七年七月の新潟県中越沖地震のときは、取材でやって来た秋田市でレンタカーを借りた直後に発生を知ったため、そのまま日本海沿いの国道を南下して現地へと向かった。その二年前の震度六弱だった福岡県西方沖地震でも、偶然いた北九州市からもっとも被害の大きかった玄界島《げんかいじま》へレンタカーと船を乗り継いで向かい、日没前に取材を始めた。

そうした経験から、なにはともあれ、まず現地に入るという習性が身についていた。しかも震度七という数値は、一九九五年の阪神・淡路《あわじ》大震災のとき以来、国内では一度も耳にしていない大きな数値だ。あの当時は仕事の関係で神戸入りできたのは発生から一週間後だったが、それでも馴染《なじ》み深かった神戸の街のあまりの変わり果てように、ただ呆然《ぼうぜん》とした記憶が残っている。栗原市は〇八年に殺人事件を取材した折、被害者宅があったことで滞在していた。決して知らない場所ではない。今回の地震でいったいどうなってしまったのだろうか。

悪友の運転する車で、宿泊先に置いた荷物をピックアップして小倉駅へと向かう途中、カーラジオでは岩手、宮城、福島の三県がとくに被害が大きく、さらに東京でも震度五強が記録されたことを伝えていた。

自宅は大丈夫だろうか。

東京でもそれなりに大きな地震が起きていたことを知り、妻の携帯電話に連絡を入れた。一度目はダメだったが、二度目には運良く繋《つな》がった。

「ああ、よかった。こっちから何度かけようとしても繋がらなかったのよ」

揺れは大きかったものの、自宅や妻の実家は無事であるという。

「わかった。じゃあ俺は東北を目指すから」

一つ身のまわりの不安要素が減ったことで、気が楽になった。あとはどうやって現地入りするかだ。

過去に大地震が発生したときの例からいって、まず被害の大きな三県の空港は使えないだろう。そうなると隣接する青森、秋田、山形あたりを目指して、そこからレンタカーで入ったほうがいいかもしれない。私はまず当時よく仕事をしていた週刊誌の編集部員に連絡を入れた。ここでも電話は運良く繋がり、その雑誌の仕事として東北へ向かうことの許可を得た。

続いて小倉駅から新幹線で福岡空港に近い博多《はかた》駅へと向かう最中に、携帯電話で航空会社のサイトに接続し、午後四時半頃に乗れる福岡発羽田行きの便と、それから乗り継げる羽田発秋田行きの便の予約を入れた。満席を危惧していたが、あっさり予約が取れたことで、また一つ安堵《あんど》した。

が、それは甘い考えだった。

博多駅からタクシーで到着した福岡空港の出発ロビーには、フライトを待つ長蛇の列ができていたのだ。偶然、その様子を取材に来ていた、在福の知り合いの新聞記者がいたので声をかけた。

「羽田空港が使えないみたいですよ」

その記者によれば、今日中に羽田に向かう便は飛びそうにないということだった。こうなれば別の手段を考えるほかない。

三十分ほど列に並び、やっと係員と話ができたところで、いまから飛ぶフライトでいちばん東に向かう便について尋ねた。

「いまからだったら石川県の小松ですね」

「うーん……」

一瞬悩んだが、ほかに選択肢はなさそうだった。空席もあるということで、その場で午後五時〇五分発のチケットを発券してもらった。すでに時刻は午後四時半を過ぎていた。

搭乗口に向かいながら、今度はレンタカーの手配だ。まずは小松空港にあるレンタカーの営業所に電話を入れ、取材のために東北地方の太平洋側へ向かいたいと事情を説明した。すると、次の言葉が返ってきた。

「新潟まで行けば福島県が近いですよ」

レンタカーはここまでなら乗り捨てができるというエリアが決まっている。小松からの出発だと福島県での乗り捨ては無理だが、新潟の営業所なら車を乗り捨てても構わないとの返事をもらえたため、まずそのようにする予約を入れた。続いて今度は同じレンタカー会社の、新潟にある二十四時間営業の営業所に電話を入れる。すると空いている車はあるが、返却は新潟県内でなければ困るという。選択の余地はない。返却時は新潟まで戻ることを覚悟して、予約を入れた。

小松へと向かうフライトは定刻に飛び立った。機内ではこれからの長時間運転を考えて、躰《からだ》を休めておきたかった。目を瞑《つぶ》り、なんとか寝ようと努力するが、さっき目にしたニュース映像が蘇《よみがえ》って眠ることができない。

搭乗開始まであまり時間がなく、さらにはレンタカーの予約電話をかけ続けていたため、ほとんど見ることはできなかったが、空港の搭乗待合室に置かれたテレビのニュースでは、東北地方の太平洋側に大津波が襲来したことが伝えられ、モニターの前に集まった乗客たちが、みな固唾を呑《の》んでその様子を見守っていた。空撮による津波が街を襲う姿だったが、うつし出された映像に現実感を持つことは難しかった。

いったい現地はどうなっているのか。

そもそも、現地にたどり着くことはできるのだろうか。

考えても仕方のないことだとわかっているが、つい考えてしまう。

そうこうしているうちに、機体は着陸態勢に入った。非常口座席のため、若いCA《キャビン・アテンダント》と向き合うかたちで座っていた。私が東北の津波被害について触れ、これから取材に向かおうとしていることを口にすると、彼女は不安げな表情を浮かべた。

「じつは私も、東京にいる家族に何度も電話を入れてるんですけど、全然繋がらないんです。東京は大丈夫なんでしょうか」

私は東京の妻と連絡が取れたことを話し、ひどく揺れはしたものの、東京にはそれほど甚大な被害は出ていないようだと説明した。

「そうなんですね。でも、連絡が取れないから心配で……」

羽田空港が使用できない以上、彼女が今夜中に東京へ戻ることは不可能だ。きっと石川県から東京の家族に電話をかけ続けることになるだろう。

午後六時十五分に機体が着陸し、ベルト着用サインが消えて降りる際、彼女に言った。

「こういうとき、コレクトコールのほうがふつうの通話よりも繋がりやすいと聞いたことがあります。試してみたほうがいいですよ」

小松空港の到着口を出て、レンタカーの窓口を探した。時刻は午後七時前だった。レンタカーは事前に予約を入れていたおかげでスムーズに借りられ、カーナビをセットすると新潟までの約三百三十キロメートルの道のりが現れた。走行を始めると、カーラジオでは津波に呑まれた街の名前が、混乱をまじえて次々と伝えられる。

「……で、二百名以上の遺体が発見され……」

尋常ではない情報が、よく聞き取れないまま耳を通り過ぎていく。まだ被災地についての明確なイメージはなかった。ただ、過去において例外なく、災害、国際紛争、事件といったすべての現場において、時間が経《た》てば経つほどそこでの状況は変化し、場合によっては立ち入りすらできなくなることを経験則として知っていた。そのためにも、一刻も早く現地へ行かなければとの思いに支配されていた。

明かりの灯《とも》る新潟駅前のレンタカー店に着いたのは午前○時頃のこと。運転してきた車を引き渡し、新たな車を借りた。どれくらいの日程になるのか想像がつかないため、とりあえず一週間借りることにして、さらに延長することがありうることを承諾してもらった。

その足で、営業していた『ドン・キホーテ』へ立ち寄った。被災地では基本的に自給自足となるはずだ。当面の水と食料、さらには長靴や雨合羽、軍手。あと車のシガーライターからＡＣ電源を取れるアダプターやヘッドランプなどをまとめて購入した。

目的地は、ここに来るまでにラジオで大きな被害が伝えられていた、福島県南相馬《みなみそうま》市の原町区《はらまち》にした。高速の磐越道《ばんえつ》は地震の影響で封鎖されているため、当然一般道だ。レンタカー店で、ルートは距離的に近い会津《あいづ》や猪苗代湖《いなわしろこ》を抜けていく道ではなく、米沢《よねざわ》を経由して行ったほうがいいと聞き、その行程をカーナビに打ち込んだ。これまた三百キロメートル近い距離があった。

午前一時前に出発。しばらく進むと暗い山道に入り、ただカーナビの説明に従うだけという状態が続く。

「山形県に入りました」

機械的な音声が車内に響くが、右も左もわからない。エンジン音以外は、しん、と静まり返っている。時折聞こえるラジオからは被害状況を伝える切迫した声が伝わってくるが、それ以外はまるでなにも起きていないかのような深い闇だ。

不思議と眠気はなかった。ただ事故を起こさないように、それだけに集中して車を運転し続けた。

「福島県に入りました」

その音声が流れても、周囲の景色に変化はなかった。これまでと同じく山間部の闇が続き、ヘッドライトに照らされた範囲だけが目に入る。地震は、本当に起きたのだろうか。

道がたわみ、亀裂が入っているのを目にしたのはしばらく経ってからだ。だが、走行に支障があるほどではない。前よりも用心深く、ただ沿岸部を目指した。

飯坂ＩＣ《いいざかインターチエンジ》の近くから伊達《だて》市を抜け、南相馬市に入った。時刻はもうすぐ午前六時だ。徐々に空が白み、崩れた外壁などが目に入るようになった。それから約三十分間運転していると、萱浜《かいばま》という地区に入り、やがてその先に消防団のものらしき消防車が赤色灯を点《つ》けて停《と》まっていた。

カーナビを見ると海岸線まではまだ二キロメートル近くあるが、そこから先に進むことはできなくなっていた。車を邪魔にならない場所に停め、長靴に履き替えカメラを手に歩き始めてすぐにその意味を理解した。

道がドロドロにぬかるみ、材木や家財道具があたりかまわず散乱しているのである。海から離れたこんなところにまで来たのだ、津波が。

なんだこれは……。

さらに歩いて視界の開けた場所に出ると、思わず立ち止まった。目のなかに入る光景はすべて水と泥と瓦礫《がれき》だった。わずかに原形を留《とど》めている家もあるにはあったが、とてもそこまでたどり着けないことがわかる。

近隣の住人だろう。私と同じく呆然とした人たちが、立ち止まって目の先にあるぬかるみを見ていた。家の瓦屋根だけが壁を失い、そのままのかたちで鎮座していた。どこから流されてきたのか、送電線を支える塔が横たわっていた。無残にひっくり返った車も点在している。

静かだった。そして、これはどう考えても現実だった。

ぬかるみのなかを進めるだけ進もうとした。そしてはっとなり、ふたたび立ち止まった。足元に見えるむき出しのコンクリートは、家の基礎部分なのだ。先のほうに目を向けると、同じようなかたちをしたコンクリートが無数にある。どれもその上に建っていたであろう家屋は跡形も無くなっていた。それは同時に、そこにあった生活が根こそぎ流されたことを意味する。

後ろに人の気配を感じ、振り返ると、年老いた男性が呆然とした足取りで歩いてきて、私の横を通り過ぎた。あふれ出す涙が彼の頬をつたっているのが目に入った。とてもではないが、声をかけることはできなかった。

写真撮影を終え、徹夜のまま北上を始めた私は、相馬市（福島県）、山元町《やまもとちょう》、岩沼市《いわぬまし》や仙台市（以上、宮城県）などの被災地域を経由し、深夜になって岩手県の奥州市《おうしゅうし》水沢区《みずさわく》に明かりを見つけ、頼み込んで宿を確保した。そして翌朝からはそこをベースに連日、陸前高田市《りくぜんたかたし》、大船渡市《おおふなとし》、釜石市《かまいしし》、大槌町《おおつちちょう》などの岩手県の被災地をまわっては写真を撮り、話を聞き、原稿を書いては東京の編集部へと送った。

これほどの甚大な災害でもあり、早い時期の現地入りはすなわち、死と直接向き合うことでもあった。路上には毛布をかけられた遺体がいくつもあり、それを順番に自衛隊員が担架に乗せて運んでいく。私自身がまだ誰も気付いていない遺体を見つけ、人を呼んだことも何度かあった。

それでも毎朝、車に水と食料を積んで沿岸部へと通う。絶望の光景が広がる沿岸部の街での取材を終え、日暮れとともに連なる山々を越えて内陸部へと向かう約百キロメートルの険しい道のりには、まだ雪が残っていた。ただ事故だけを起こさないようにしながら、思考を持たない〝棒〟のような状態でハンドルを握った。

三時間ほど夜の山道を走っていると、やがて漆黒の闇の先に突然、あの災害に見舞われる前までは、さっきまでいた場所にもごくふつうにあったはずの、日常の街並みが現れる。それは幻覚を見ているような気にさせられる変化だった。ヘッドライトだけが頼りの山中で、前方にまず光の気配が見え、やがてそれが徐々に具体的になっていき、気付くと煌々《こうこう》と明かりの灯る内陸部の街なかにいるのだ。夜は深い闇に閉ざされる被災地とこちらでは、どちらの状況が現実なのか、一瞬わからなくなる。だが、どちらも現実であるのだと思いを正す。

それが幾日続いたことだろう。

全校児童百八人、教職員十三人のうち、児童七十四人と教職員十人が死亡した宮城県石巻《いしのまき》市の大川《おおかわ》小学校を訪れたのは三月三十日のことだった。

震災から十九日が経っているというのに、そこだけはまだ数日しか時間が過ぎていないのではないかと思われる光景が残っていた。

高台には子供たちが使っていたヘルメットやランドセル、筆箱、リコーダーなどが泥をかぶった状態で数多く並べられていた。泥と瓦礫があふれた校舎のそばで、行方不明の我が子を捜す必死の形相の保護者が、いた。

ひざ下まで水につかりながら進んだ先にある沼では、自衛隊員と警察官が水面を覆う瓦礫をかきわけて手探りで遺体の捜索を続けていた。いまだに見つからぬ小学生の長男を捜す父親と祖父の姿があった。沼の底から遺体が上がり、自衛隊員が直接手で抱えて遺体を水上に持ち上げるとき、彼らは立ち上がり、その光景をまばたきせずに見つめていた。

その日の帰途も私は〝棒〟だった。すべての思考を遮断しないと、とても今日と同じ明日を迎えることができないと本能が警告した。そして翌日も、またその翌日も、現地に通った。

あとになって、同じ石巻市で、震災から一週間後には営業を始めていた風俗店があったことを知ることになる。

とてもではないが、そんなことは想像すらできなかった……。

＊

「こないだね、北上《きたかみ》のデリ（デリバリーヘルス）で遊ぼうとしたらね、やって来たのが沿岸に実家がある十九歳の学生の子だったのよ。大船渡だっけかな。家族は全員無事らしいけど、家が流されたうえに、お父さんが勤め先を流されて仕事を失ったらしぐって……。それでまだ小さい弟と妹がいるもんだから、家計を助けるため北上さ出てきて働き始めたんだって。いやもう、なんか気まずかったぁ」

四月上旬、岩手県北上市のバーで、数日前に別の飲食店で顔見知りになった三十代後半の会社経営者と話していたとき、彼がふいに口にした話題に、私は目を大きくした。

「えっ、そんな子がいるんですか？」

思わず声を上げると、そんなことも知らないのかという表情で彼は続けた。

「あれから一カ月経ってるがらね。そういう子もちらほら現れてるみだいよ。ほかの店の店長とかもそんな話をしてたがら。けどまあ、カネさ払ってるから、することはしたけど、やっぱいい気持ちはしないでしょ。どっちかつうと引ぐでしょ、フツウ……」

「それは、まあ、そうですねえ……」

当たり障りのない言葉を繋ぎながらも、頭の中ではさまざまな思いが交錯していた。

〝戦場から風俗まで〟をテーマに仕事をしてきた私は、国際紛争の取材や殺人事件の取材に加え、これまで長年にわたり風俗嬢のインタビューを続けている。

なぜ風俗で働こうと考えたのか、に始まり、その世界ではどのようなことを経験するのか、そして働き続けるなかで心境はどのように変化していくのか。そうしたことを知りたくて、取材というかたちで関わりを持ってきた。

彼が話したようなことが起きうるだろうことは、少し想像力を働かせさえすれば、予想できたはずだ。しかし、数多《あまた》の犠牲者と甚大な被害が出ている被災地の悲惨な姿に直面する渦中、風俗産業についてまでは考えが及ばなかった。

当時の私は、被災地での取材を終えて内陸部に戻ると、営業を再開させた酒場を毎晩のように飲み歩いていた。

酒を浴びるほど飲み、酔っ払って感覚を麻痺《まひ》させ、いっとき我を忘れる。みっともないことをしているとの自覚はあった。しかし昼間、この目に焼きつけた光景と、耳に張りついた言葉から自分を切り離すためには、そうせずにはいられなかった。肉体の疲労よりも、精神の疲弊を取り払うことを求めていた。

傍観者である私のちっぽけなつらさなど足元にも及ばない、身を引きちぎられる思いを味わい、しかも私のように酒を飲んで忘れることすら叶《かな》わない環境に置かれている人々がごまんといる。その現実が、ふがいない自分をさらに責めたて、新たな酒を口に運ばせた。

その負のスパイラルのなかで、性風俗の世界に目を向けることは、荒廃しかけている私自身の救いになるような気がした。人間が人間である限り、いかなる状況であっても性から逃れることのできない現実を、性に癒やしを求め、癒やされている現実を知りたかった。

そのためにはなによりもまず、彼女たちから話を聞きたいと思った。

だが、それがいかにデリケートな内容であり、一筋縄ではいかぬ話であるかということに、すぐに直面することになる。というのも後日、くだんの会社経営者に被災した風俗嬢を取材したいから、店名と女の子の源氏名を教えてほしいと電話したところ、「いやあ、酔ってたからどこだったか忘れちゃったよ」と、とぼけられてしまったのだ。余計なことを話したと後悔したのか、彼は以来、酒場で会っても風俗店については口にしなくなり、もうそれ以上は触れないでほしいとの態度を見せた。

この時期、私は被災した風俗嬢について、直接風俗店に尋ねることについては最初から諦めていた。これまでの経験で、店側が自分たちのメリットにならないことでは動かないことを知っていたからだ。もちろん、常連になり、個別に店長と親しくなればなんらかの情報をくれることもあるだろうが、そこまでの余分な時間やカネは持ち合わせていない。また、雑誌に店名などを入れた記事を掲載して宣伝するというメリットを提示する方法もあったが、あの未曽有の災害からまだ一カ月しか経っていないのである。さすがに記事にする雑誌もないだろうと二の足を踏んだ。

少しでも手がかりがあればと、インターネットで情報を探していたところ、岩手県の沿岸部であるQ市周辺のデリヘルで働いている四十代の女性がいることがわかった。ここで周辺としたのは、Q市のほかに、その南北の街にも出張するからだ。出張可能な地域は店のホームページに書かれているが、どこから女の子が出発するかという「××発」は書かれていない。ではなぜ出発元がQ市周辺だと特定できたのかといえば、出張に必要な交通費の欄に注目したからだ。地域別に千円から三千円の交通費が必要となっているなか、Q市内だけは無料だったのである。

ちなみに、デリヘルとは個室のある店舗を持たずに、ホテルや自宅に風俗嬢を派遣する業種のこと。いわゆる〝本番〟と称される性行為はなく、口や手を使っての性的サービスが主体となる。

私は一般客を装って、彼女、ヒトミさんが在籍する店に電話を入れ、予約することが可能かどうかを尋ねた。

「はい、大丈夫ですよ。いつですか？」

男性店員が電話に出て、こちらが戸惑うほどにあっさりと予約が取れた。Q市内で利用したいが営業しているホテルはあるのかと尋ねたところ、店員は二軒の名前を挙げた。

こうなれば、あとは出たとこ勝負だ。

私は幾度も走った山道を越え、Q市へと向かった。

＊

事前に予想していたよりも、ヒトミさんは綺麗《きれい》な女性だった。東京でいわゆる〝熟女・人妻系〟といわれる風俗嬢を定期的に取材している私は、店が提示している写真の容姿と実際の容姿に乖離《かいり》があることを知っている。そのなかで現実に美人である確率は、一割程度といったところだ。店のホームページでの彼女は、顔にモザイクがかけられた状態でしか見ることができなかったが、そうした過去の例にならい、外見についてはごく平凡な歳《とし》なりの女性を想像していたのである。

だが、ホテルの部屋にやって来たヒトミさんは、大きな目の脇の小じわこそ年齢を感じさせるが、それでも若くて華やかな印象を受けた。長い黒髪を縦ロールに巻き、細身の躰を黒を基調としたミニのスーツで包んでいた。

「ヒトミです。よろしくお願いします」

丁寧に頭を下げると、彼女はまず私の脱いであった靴を玄関扉に向くように揃《そろ》えて置き、続いて自分のハイヒールを同じように並べると、部屋に入ってきた。

そしてソファーに座ると私にプレイ時間を尋ね、携帯電話で到着したこととプレイ時間について店に報告を入れた。

電話を終えてこちらに顔を向けたヒトミさんに、私は意を決して切り出した。

「あの、じつは相談があるんですが……」

一瞬、なにをされるのかと警戒して姿勢を正した彼女は、「なんですか？」と、ややこわばった声で聞き返してきた。

「あ、すみません、私はこういう者でして……」

慌ててポケットから名刺入れを取り出すと、個人名の入った名刺を手渡した。

「ノンフィクションライター？」

彼女は事情を摑《つか》みかねているようだ。

「あの、雑誌に記事を書いたりとか、本を書いたりする仕事です。震災以降、ずっと被災地の取材を続けているんですけど、もし可能であれば、こうして被災地で風俗の仕事をやってらっしゃるヒトミさんからもお話を伺えないかと思いまして……」

「お話って、なんのですか？」

「たとえば、この仕事を始めたきっかけですとか、地震のときはどこにいたかとか、それこそ震災後、いつからこの仕事をやっているのかだとか……ちなみに、ヒトミさんはQ市が地元なんですか？」

「そうですよ」

「じゃあ、津波がやって来たときは……」

「私は高台にあるアパートに住んでたから、部屋のベランダから街が津波に呑み込まれるのを見てました」

ヒトミさんの口調は、先ほどまでの緊張が取れ、やや柔らかいものになっていた。それに安心した私は質問を続けた。

「でも、知っている街が津波に呑まれる姿というのは、それはショックな光景だったんじゃないですか？」

「んですね。もう終わりだ、と思いました。……ところであの、プレイはしなくていいんですか？」

「いいんです、いいんです。私としてはお話が伺えればと思ってるんです。あ、ちゃんと料金はお支払いしますので」

私は財布を取り出すと、プレイ時間に準じた正規の料金を手渡した。ヒトミさんは狐《きつね》につままれたような表情をしている。なんだ、この人は、というような。

だが料金を受け取って安心したのだろう。風俗での仕事を始めた理由や、震災後にいつから仕事を再開したか、またその理由についてなどを尋ねたところ、一つ一つ丁寧に答えてくれた。内容に納得のいく、整合性に破綻のない回答は、かなりの確率で真実を語っていると信じるに足るものだった。

もうすぐプレイ時間が終わるという間際に、私は彼女にお願いをした。

「あの、もう少し追加でお伺いしたいことがあるんです。取材以外では決してかけませんので、可能ならば、携帯電話の番号を教えていただけませんか？」

「べつにいいですよ」

「あ、じゃあいまこの場から、とりあえずそちらにかけますんで」

携帯電話を取り出すと、ヒトミさんが口にした番号を打ち、その場で電話を鳴らした。部屋に響く着メロは、若い女性歌手が歌う流行のバラードだった。

「そちらに表示されたのが私の電話番号です。ちなみに、この時間はかけないほうがいという時間帯はありますか。もしくはダメな曜日とか」

「いや、べつにないですよ。ダメなときは出ませんから。そのときはごめんなさいね……」

柔らかい口調で言う彼女の髪からは、コンディショナーの甘い香りがした。

帰りの山道を一人運転しながら、軽い昂揚感《こうようかん》を覚えていた。この調子でいけば、ほかの女性たちの取材もなんとかなるのではないかという気がした。

なんらかのかたちで長めの記事としてまとめるためには、最低でも五、六人の話は必要である。理想をいえば十人くらいの話を聞きたいところだ。あの経営者が話していた沿岸部から内陸部に出稼ぎに来ているという女の子を、どうにかして見つける手段はないものだろうか。

思いついたのは、北上市の飲食店で出会う男性客に、片っ端から尋ねてみるという方法だった。かなりアナログなやり方だが、事件取材と同じで、地道なことの積み重ねが、結果としてはいちばん効果的かもしれない。

さらにはそうした取材対象を徐々に南下させていくことで、地理的な広がりを持たせることも考えた。

不謹慎なことかもしれないが、久しぶりにわくわくしている自分がいた。新たな、自分だけの取材対象を見つけたときに感じる、長年の仕事によって躰に染みついてしまった感覚だ。

その晩、ヒトミさんから聞いた話を取材ノートにまとめ、翌日の昼過ぎに補足取材を考えて電話を入れた。

一瞬、電話に出ないのではないかと危惧したが、それも杞憂《きゆう》に終わり、彼女からは挨拶に続き、「昨日はありがとうございました」との言葉が返ってきた。

「じつは昨日聞き忘れたことがあったもので、ちょっと追加でお伺いしたいのですが、いま、お時間大丈夫ですか？」

私がそう口にしたところ、彼女は「あの」と言って、少し間を置いた。

「はい、なんでしょう」

「あの、じつは昨日あれから考えたんですけど、やっぱり私のことは記事にしないでいただきたいんです……」

「え……」

「ちいさな町のことですし、いろいろ噂《うわさ》が立っても困るもんで……。せっかく取材していただいたのに申し訳ないんですけど、今回の話は聞かなかったことにしてほしいんです」

「あの、決して店の名前は出さず、匿名にします。もしそっちのほうがいいなら年齢もぼかします。それでもダメですか？」

「いや、やっぱりその、目立つことはしたくないというか、ほんと、ちいさな町のことなんで……すみません」

「そう、です……か」

さすがにこれ以上ごり押しする話ではない。私は「わかりました。どうもすみませんでした」と付け加えて電話を切った。

こうして、取材はゼロからの振り出しに戻ってしまった。

とはいえ、恨み言を言うことではないし、その対象となる相手も、どこにもいなかった。

第二章　三月十一日午後二時四十六分。そのとき接客中の女の子がいた

破壊し尽くされた無残な光景が眼前に広がる。そのなかに命を継いだ淡い桜色の花弁が連なるさまは儚《はかな》くて、しかし息を呑む美しさを放っていた——。

二〇一一年四月二十日のことだった。陸前高田市から北上し、大船渡市、釜石市を経由して大槌町まで車でまわろうとしていた私の視界に、津波に流されずに残った桜並木が満開の花をつけている姿が飛び込んできたのだ。

瓦礫のない場所に車を停め、歩いて近づきごつごつとした幹に手を触れる。

まわりは住宅地だった。背後に視線を送ると、押し寄せた海水に一階の窓や扉を突き破られた無人の家が立ち並ぶ。なかには壁にマルで囲まれたバツ印がつけられた家もあった。つまり救助隊員によってその家屋内で遺体が発見され収容されたということだ。

春の陽気のなか、青く晴れ渡る空の下で咲き乱れる桜。普段なら絶好の花見日和にもかかわらず、周囲に人影はない。時折、海からの風が吹くと満開の花がわさわさと揺れ、花弁を散らす。なんと凄《すさ》まじい無常の光景なんだろうと、思った。

そのとき、私のなかで蠢《うごめ》くものがあった。

翌日、私は懇意にしている週刊誌編集者に「じつは、震災関連で一つ企画があるんだけど」と電話を入れた。

「そうなんですか。震災関連は原発以外は最近ちょっと企画の通りが悪くなってるんですけど、どんなやつでしょう」

つねに刺激的な内容を求める週刊誌編集部にとっては、あの未曽有の大災害からわずかひと月半後にもかかわらず、今後の対応が懸念される福島第一原発を除く被災地への関心は、すでに失われつつあった。ページを割くのはよほど読者の興味を惹《ひ》く内容のネタが入ったときか、もしくは震災後半年や一年といった節目に、まとめて状況を報じればいいといったスタンスになっていた。

ゲリラ的に客を装って被災した風俗嬢を探し出し、できれば深いインタビューができないかと模索していたが、その手法についてはQ市で取材を試みたヒトミさんの反応からも見切りをつけざるを得なかった。そうとなれば、今度はあらかじめ記事を掲載できる媒体を見つけ、宣伝になることを理由に風俗店と交渉し、正面突破を試みるほかない。そのためにはなんとしても雑誌のスペースを確保する必要があった。

私は思い切って言葉を続けた。

「被災した風俗嬢を取り上げたいんだけど」

「ははあ、風俗嬢ですか。いいかもしれないですねえ」

編集者の口ぶりが、興味を持ったそれに変わった。彼は私が風俗取材も得意なことを知っている。その点では取材成果に不安を抱かれることはないはずだ。そこで私は押す。

「いますでに、仕事を再開している女の子がいるのは間違いないんだ。あとはこちらが記事に店名や電話番号を入れるというかたちで、店側にメリットを作り出せば、取材できると思うんだよね」

「写真とかは撮らせてもらえますかねえ？」

「目くらいは隠すことになると思うけど、大丈夫だと思うよ。ただ、準備期間で一週間くらいは余分に欲しいんだけど」

もちろん、この時点で確約できることではない。実際のところ、ヒトミさんのように「ちいさな町のことですし」と断られてしまうケースも多いだろう。ただ、私はそれまで二十年以上にわたり、夕刊紙やスポーツ紙の連載で毎週平均一人の割合で風俗嬢のインタビュー取材を続けてきた。話を聞いた風俗嬢は単純計算でも一千人を超える。国際紛争や殺人事件を取材する傍らに重ねてきた過去の経験から、女の子が店側から取材を打診された場合には、意外とすんなり受け入れることを知っていた。また店側も女の子の性格を把握していて、そういう取材に抵抗のない子を選んで声をかけるはずである。賭けではあるが、最終的にはなんとかなるだろうと踏んでいた。

受話器の向こうで編集者は言った。

「そうですか、わかりました。次の企画会議にかけてみます」

あとはすべて、編集長がどう判断するかにかかっている。この段階になると、もうやれることのない私は、日が暮れるのを待ち、その日も夜の街へと出た。

＊

くだんの編集者から企画が通ったとの連絡を受けたのは二日後のことだ。

そんなとき、目の前の景色に新たな色が加わった気分になる。と同時に、なんとしても締め切りまでに対象を見つけて取材しなければならないという、プレッシャーも少なからず感じる。

掲載媒体があるという大義名分を得た私は、インターネットで現在営業している店をリストアップし、順に電話するという方法に出た。とはいえ、四月下旬の段階で岩手県の沿岸部で営業している店はほとんどなかった。それこそ、沿岸Q市に住みながら働くヒトミさんのような存在は稀有《けう》な例で、あとは内陸部発で交通費を出してもらえれば、沿岸部にも出張するという店がごく少数あるという状況だった。

そのため盛岡市や北上市、さらには一関《いちのせき》市などの、岩手県の内陸部に事務所があり、沿岸部にまでは出張しないという店にも範囲を広げ、連絡を入れることにした。うまくいけば前に会社経営者が話していたような、沿岸部で被災して内陸部に出稼ぎにやって来た女の子と出会えるかもしれない。

「お電話ありがとうございます。××です」

電話を入れると丁寧な口調で男性店員が出る。そこで私は週刊誌の名を告げ、店の宣伝にもなるようなかたちで取材をしたいのだが、被災した沿岸部出身の女の子はいないだろうかと尋ねてまわった。

いちばん多かったのは「いない」という反応だった。続いて、「いるけどうちはそうした取材は受けていない」というもの。また、店長に聞いて折り返しますと言われたまま、返答がない場合もあった。私は拠点にしていた北上市内のホテルから電話をかけ続けたが、その他の仕事も抱えており、合間を縫っての作業だったことから、初日は収穫のないままに終わった。

これは予想していた以上にアポを取るのが厳しいかもしれない……。十数軒に電話を入れて成果がゼロというのは、滅多にあることではない。やはりこの時期に被災した風俗嬢を探すという作業は、触れられたくない傷をえぐる行為なのだろうか。

企画が通った際に感じたプレッシャーが、少し強まった。

翌日になり、目線を少し変えようと考えて、今度は宮城県の沿岸部で店を探してみることにした。週刊誌での単発企画ということで、取材対象者が四人くらい見つかれば体裁を保つことができる。まずは沿岸部の広い範囲にあたりをつけ、そこで見つからずにいよいよ困った場合は、最終的に東北最大の歓楽街である仙台市に目を向けさえすれば、なんとかなると踏んだのだ。

前日と同じくインターネットで検索をかけたところ、宮城県沿岸部最北の気仙沼《けせんぬま》市では、まだ一軒も営業している風俗店がなかった。さらに沿岸地域を徐々に南下していくうちに、石巻市で数軒のデリヘルが営業を始めていることがわかった。

石巻市は死者・行方不明者が合わせて三千九百人を超えるなど、被災した自治体のなかでは最大の人的被害を出していた。にもかかわらず、すでに営業を始めている風俗店があることに軽い驚きを覚えた。しかも、わずかひと月足らず前に同市の大川小学校で目にした惨状が、いまだに頭にこびりついていた。

勇気を奮い立たせて携帯電話を手に取り、リストアップした電話番号を押した。

「ちょっと待ってください。私ではなんともお答えできかねますので、オーナーと直接話してもらえますか……」

一軒目では取材を断られ、二軒目へかけた電話で店員の男性からオーナーと呼ばれる人物の連絡先を教えられた。スズキさんというその男性の携帯に改めて電話すると、「もしも～し」と明るい声が返ってきた。私が事情を説明したところ、彼はこともなげに言った。

「ああ、大丈夫よ。いつまでに何人用意すればいいの？」

これまでとは打って変わっての好意的な対応に慌てた私は、「来週中に取材できれば何人でも構いませんので」と口にした。

「わかった。じゃあ明日また電話して」

電話を切ってから、あまりの簡単な決着にしばし呆然とした。成果を得られずに自信を失っていたが、そうなのだ、風俗取材は責任者次第で即決することもあるのである。自分でも単純な性格だと思うが、これでちょっと気分が軽くなった。

スズキさんの口調では何人かの取材ができそうだったため、同じ石巻市で重複することを避けようと、そこからは前日に中断した岩手県内の風俗店に電話を入れることにした。

流れに乗っているときは、朗報が続く。

「あ、いいですよ。そういう子がいますから、取材受けられるか聞いてみましょうね」

一軒目に電話を入れた、北上市やその他の地区にも事務所を持つデリヘルチェーンのオーナーであるシライさんは、いかにも人当たりのよい、柔らかい口ぶりで取材を快諾してくれた。

そうなると、あとは日程を調整するだけだ。こんなことなら、最初から正面突破を選択すべきだった。これまでに電話で断られてきたことなどすっかり忘れ、調子のよいことを考えたりもした。現金なものである。だがこれで、なんとかなりそうだ。

＊

結果として、五月七日に石巻市で二人、五月九日に奥州市前沢《まえさわ》区で一人を取材できることになった。

五月七日にまず、指定された石巻市内にある民家へと向かった。表向きはごくふつうの二階建て住宅である。デリヘルはすべて電話でやり取りをおこない、客が事務所に立ち寄ることはないため、店の了解を得た取材ならではの待ち合わせ場所だ。

「はいはい、今日はよろしくね」

がっしりとした体形のスズキさんは玄関で私を迎えると、女の子たちが待つ居間に入ることを勧めた。

「えーとね、こっちがチャコさん。それからこっちがラブさんね」

部屋に入ると彼は、ソファーに座る二人の女の子を紹介した。チャコさんは二十代後半くらいの、目が大きくてエキゾチックな雰囲気の女の子で、ワンピース越しにせり出した豊かな胸が目を引く。一方のラブさんは見たところ二十歳前後で、アイドルグループに紛れ込んでもおかしくないような顔立ちの、細身で色白の女の子だった。

二人とも笑みを浮かべて頭を下げる。今回はまず事務所で話を聞かせてもらい、瓦礫の残る街で撮影することになっていた。

一対一ではなく、ほかに人がいる場所でのインタビューは、周囲の反応を気にしながらになり、なかなか本心にたどり着けないものだ。しかしこの場でそんな贅沢《ぜいたく》は言っていられない。一人ずつ順番に話を聞くことにした。

チャコさんに目を向ける。茶色のストレートのロングヘアに、ぽってりと厚みのある唇が肉感的で色っぽい。プロフィールには二十八歳の人妻とある。まずは震災のときにどこにいたのかを尋ねた。

「私は登米《とめ》にある実家にいました。家族で家にいたんですけど、すごい揺れでした」

登米市は石巻市の北西に位置する内陸部だ。彼女は人妻という設定だが、じつは離婚しているバツイチ。小学校五年生の息子がいるという。雑誌の記事では設定通りに人妻とし、登米市という地域名は出さずに宮城県の県北エリアという表記にすることを約束した。

「この店に入って五、六年になります。子供を育ててるし、ふつうの会社には雇ってもらえなくて、ここだと自分の時間に合わせられるし、おカネもいいんで……」

震災後に仕事に出たのは四月になってからだそうだ。

「お店に行こうと思っても車のガソリンがなかったんです。それに余震とかが続いてたんで、怖くて避難所に三週間いました」

地元の小学校の体育館が避難所になっていた。その当時の苦労について尋ねると……。

「やっぱりお風呂に入れないのがつらかったですね。髪とかもベタベタになるし……」

それは復帰後にやって来た客も同様だったという。

「避難所にいてお風呂に入ってないという人が多かったですね。当時市内では何軒かラブホが再開してたんですけど、そこではお湯が使えるから、背中とか躰をしっかり洗ってあげて、それから湯船に浸かってもらってました。あと腕を骨折してる人もいて、シャンプーとかをしてあげました」

被災した地元の人を中心に、普段よりも短時間の営業にもかかわらず、以前の倍近い客が押し寄せたのだと語る。

「余震が怖いから午前九時から午後二時頃までしか店に出てないんですけど、それでも一日に四、五本はお客さんがつきましたね」

通常の早番は午前九時から午後五時までで、震災前は平均して一日に二、三本だったらしい。ちなみに風俗業界では客一人のことを一本という単位で表現する。

「けっこう復帰して早い時期だったんですけど、すごい瓦礫に囲まれた場所に呼ばれたことがあったんですね。二階建てアパートで一階が完全に津波でやられてる建物なんです。その二階の部屋だったんですけど、周辺ではまだボランティアの人が遺体の捜索とか瓦礫の片付けをやってるんです。本当にこんなところに住人がいるのかと思って、さすがに怖かったから店の車のドライバーさんについてきてもらったら、ちゃんとそこに住んでたんです」

客は二十代前半の男性だった。

「彼女と同棲《どうせい》している部屋らしいんですけど、地震で彼女は実家に帰ってしまい、いなかったんです。それで車も流されてしまい、行く場所がないという話でした。自転車でホテルに行くのも遠いということで、部屋に呼んだみたいなんですけど、来てくれて助かったって何度も言われました」

チャコさんが相手にした客のほとんどが、地震と津波の被害に遭っていたという。

「家を流されたり、仕事を失ったり。それでこれから関東に出稼ぎに行くという人もいました。あと、家族を亡くしたという人もいましたね」

「えっ、そんな状況で風俗に？」

思わず声に出していた。だが彼女は表情を変えずに続ける。

「そんな場合じゃないことは、本人もわかっていたと思いますよ。ただ、その人は『どうしていいかわからない。人肌に触れないと正気でいられない』って話してました」

「いくつくらいの人ですか？」

「三十代後半の人です。子供と奥さんと両親が津波に流されて、長男と次男は助かったらしいんですけど、いちばん下の男の子と奥さん、あと両親が亡くなったそうです。奥さんは土に埋もれてたみたいで、歯型の鑑定で本人だとわかって、やっと火葬にできて落ち着いたんだって話してました。その人はプレイのあとで添い寝をしてほしいと言ってきたので、そうしてあげました」

言葉を失った。だがたしかに過酷な現実と向き合うためには、人肌に触れでもしないと耐えきれないということもあるかもしれない。決して理解不能ということではなかった。私は疑問を口にする。

「震災前とあとで、お客さんの態度って変わりました？」

チャコさんは「うーん」と胸の前で腕を組んでからこちらを見た。

「震災後のほうがお客さんが優しくなりましたね。前はガツガツしてる感じの人が多かったんですけど、いまは元気がないというか、みんなふんわりしてるんです。あと、つらい状況のなかで、私たちを呼ぶ間だけは楽しみたいという人が多いと思います」

私は壁にかかった時計に目をやった。まだ話を聞いていたいが、そろそろ切り上げる必要がありそうだ。チャコさんに礼を言うと、続いてラブさんに顔を向けた。

茶髪のロングヘアを縦ロールに巻き、端整な顔立ちの彼女は二十一歳。やっと自分に順番がやって来たと、愛くるしい瞳をまばたきさせて私を見た。そこでまずは震災時にどこにいたのかを尋ねた。

「アハ、私は石巻市内でパチンコやってました」

笑いながらあっさり口にした。彼女は続ける。

「それで、津波が来るっていう話が出て、慌てて車を運転して日和山《ひよりやま》の方向に逃げたんです。もうみんなパニック状態で、渋滞が続いてました」

石巻市の繁華街に隣接する日和山は、標高五十六・四メートルと決して高くはないが、市内を一望でき、津波のときには逃げてきた多くの避難者が命を取り留めた。

「津波が街を呑み込むのを見たんですけど、映画の世界にいるみたいで、なんだこれは、みたいな……現実感がまるでなかったですね」

幸いにして、石巻市に隣接する東松島《ひがしまつしま》市にある実家も家族も無事だったというラブさんは、震災の一週間後には仕事に復帰していたのだそうだ。その時期に復帰したことも含めて、まず店が営業していたことに驚いた。

「地震が起きてすぐに従業員と連絡を取りたかったけど、電話がまったく繋がらない。四日後くらいから電話が繋がり始め、最終的には全員と連絡がついたんだわ」

横からスズキさんが言葉を挟んだ。

「俺らにとって商売だからってこともあったけど、やっぱり女の子たちが稼いでなんぼの世界だからね。こういうときだからおカネも必要でしょ。それが気になって早めに連絡つけようとしたわけ」

ただし、店が営業を再開したとはいえ、石巻市内で最初にラブホテルの営業が再開されたのは三月二十八日のことだった。電気の復旧は早かったが、水道がその時期まで復旧しなかったのである。しかもそれで営業を再開したのは北上運河沿いにある二軒の系列店のみだった。ラブさんが口を開く。

「避難所でお風呂に入れない人とかがやって来て、ホテルの空き待ちで車の列ができてるんです。それくらい混んでました。それでお風呂に入りに来たついでに遊びたいというお客さんが多かった。だからお店もすごく忙しくて、一日に五本とか六本とかついたりしてました」

ラブさんが風俗の仕事を始めたのは震災の二年前、十九歳のときだった。飲食店でのアルバイトと並行して、おカネのためにやることにしたのだそうだ。

「自分で言うのもなんですけど、けっこう性欲が強いんだと思います。だから仕事に抵抗はなかったですね」

幼さの残る顔立ちで大胆なことを言う。そんな彼女のもとにも、多くの被災者が客として訪れた。

「車がなくなったり、家が流されたりとか、そんな話をいっぱい聞きました。みんな癒やしを求めてましたね。お客さんの口から『癒やされたい』とか『心を落ち着かせたい』という言葉が出ていました。だから私もそういう人たちを癒やしてあげたいなって……。髪を洗ってほしいと言われて、洗ってあげたりとかしましたね」

そこでスズキさんが補足する。

「ああいうことがあったあとなんで、女の子にはただ〝抜く〟だけじゃなくて、癒やしに専念してくださいって言ってるんだよね」

その言葉にラブさんもチャコさんも無言で頷《うなず》いた。私は尋ねる。

「ラブさんの記憶に残っているお客さんとかはいますか？」

「やっぱり身内を亡くした人が何人かいて、そういう人は忘れられないですね。五十代くらいの人なんですけど、奥さんを亡くしたみたいで、すごく落ち込んだ様子でした。そんな人を前に、自分にはなにができるんだろうって考えました。もちろん、できることっていっても限られてるんですけどね……」

話を聞く、肩を揉《も》む、髪を洗う、全身を洗うなど、性感サービスに限らず、相手に求められることをやってきたそうだ。

私はスズキさんに顔を向け問いかけた。

「店で働く女の子のなかにも身内を亡くした人はいるんですか？」

スズキさんは頷く。

「身内を亡くした子は三人いたね。全員両親を亡くしてる。この三人は復帰してないんだけど、こっちもなんと声をかけていいかわかんねえべ。あと家が流されて無くなったって子が三人かな。系列も含めて女の子は五十四人いたんだけど、震災でやめたのは九人くらい。青森から来てる子とかもいたけど、地震が怖いからって来なくなったりとか……。正直、女の子が足りなくて困ってるんだよね」

ふと気になったことを尋ねた。

「ちなみに三月十一日の午後二時四十六分に地震が起きたとき、接客中の女の子というのはいたんですか？」

「ああ、いだいだ。いだよぅ。三人が接客中だったのよ。そのうち一人はすぐに逃げるべってお客さんが車で送ってくれたのね。で、もう一人はお客さんと一緒に逃げようとしたら、ホテルの車庫のシャッターが壊れて開かなかったのよ。だから店のドライバーさんとお客さん、女の子の三人で力を合わせて、シャッターをこじ開けて、なんとか逃げたの。最後の一人はお客さんが『まだイッてねえ』ってごねたらしいのね。だからおカネを返して、その子はやっと逃げることができたんだって」

そう口にしてスズキさんは苦笑いを浮かべる。まさに三人三様の状況だったわけだ。

私は質問を続けた。

「営業を再開してから大変だったことはありましたか？」

「事務所を津波でやられたんだけど、知り合いの不動産屋のツテで、新しい物件はすぐに借りられたのね。それはよかったけど、ガソリン不足には苦労したなあ。女の子を連れていくにもガソリンがねえんだもん。だから当時営業してたホテルの近くに車をつけておいて、車内で女の子に待機してもらい、連絡があったら歩いて部屋に行ってもらうということをしばらくやってたんだわ」

そこまでを口にすると、スズキさんは「じゃあ、そろそろ撮影に行ってもらっていいかな。女の子たちも仕事があるから」と切り出した。まだまだ聞きたい話はあったが、さすがに異論を唱えるわけにはいかない。私は自分が運転してきたレンタカーに二人を乗せ、撮影場所を探すことにした。

瓦礫がまだ残っている場所を希望したところ、チャコさんの案内で海岸側へと向かった。十分ほどで着いたのは、津波のあとで炎に包まれた門脇《かどのわき》小学校の近くだ。

強い風が吹き抜けるなか、ほとんどの建物は原形を留めず、潰れた車や材木、コンクリート片などの瓦礫が広い範囲で散らばっていた。周囲に目をやるが、どこにも人の姿がない。まさに荒れ野といった光景だった。

その背景に不釣合いな、着飾った女の子二人にそれぞれレンズを向ける。チャコさんは足首までを覆ったエスニック調のワンピース姿だ。一方、ラブさんは黒いセーターに黒いフレアのミニスカートで、黒いブーツという装いである。彼女たちはそれぞれ掌《てのひら》で目元を隠すと艶然と微笑《ほほえ》んだ。

彼女たちによって絶望の淵《ふち》から救われた男性が何人もいるに違いない。

ファインダー越しに一瞬、その姿が瓦礫のなかに咲く花のように見えた。

＊

二日後、私は奥州市前沢区にあるホームセンターの駐車場に車を停め、シライさんからの電話を待った。

「もしも〜し、小野さんいま駐車場のどのあたりにいます？」

停車場所を告げると、すぐに車が横付けされた。車外に出て近づくと、シライさんも車を降りた。温厚そうな顔をした中年男性で、その印象は電話でのイメージと重なる。挨拶を交わすと、車の後部座席から女の子が降りてきた。チェック柄のチュニックにふわふわの白い短パンを履き、ひざ上のハイソックスという姿で、人妻だと聞いていたが幼く見える。彼女、アヤさんは私と目が合うと恥ずかしそうな表情で頭を下げた。

「じゃあ取材が終わったら彼女に電話をかけさせてください。ドライバーを迎えにやりますんで」

シライさんが言う。岩手県の内陸部ということもあり、取材と撮影はラブホテルの室内でおこなうことになっていた。そこでアヤさんを自分の車に乗せ、彼女の案内でホテルへと向かった。運転しながら、現在二十六歳の主婦で子供はいないと語る彼女に尋ねた。

「アヤさんは風俗はいつからですか？」

「私、あんまり店には出てないんですけど、けっこう長いんです。まず最初に仙台で三年くらいやってて、そのあとに石巻で二年くらいやって、それから前沢に移って、それでちょっとしてから地震でした」

つるんとした肌で、マスカラを盛ったアイメイク。眉毛は両端が吊《つ》り上がるかたちにきちんと手入れされている。

「風俗のことはもちろんご主人には内緒ですよね？」

「はい。もともとテレアポ（テレフォンアポインター）の仕事をしてたから、いまもその仕事をやってるって話してます。じつは石巻のお店をやめて前沢に移ったのって、知ってる人に会うのが怖かったからなんです。たぶん地震がなかったら、そんなに長くは続けずに、地元でふつうの仕事を探してたと思います。通うのも大変だし、そろそろ潮時だなって考えてたし……」

なんとアヤさんの自宅は石巻市内にあるのだという。そこから前沢までは車で片道一時間半の距離だが、知り合いに風俗での仕事がバレるのを避けるために、遠路はるばる通う生活を選択したのだった。

すぐにホテルに到着し、室内に場所を変えてインタビューを続ける。そこではまず、地震のときにどこでなにをしていたか質問した。

「うちは石巻市内の住宅地にあるんですけど、地震のときは自宅にいて、ここの仕事に向かう準備をしてました。最初はゆるい、弱い地震だったんです。だけど長く続くうちに揺れが強くなってきて、尋常な揺れじゃないってなってきて……。ダンナは仕事に出てていなくて、家には私一人でした。だから揺れが落ち着いてから、飼っていた犬を抱っこして車に乗せ、私はバッグにいろいろ荷物を詰めました。食器棚のなかはぐちゃぐちゃだし、台所の調味料なんかもめちゃめちゃに散らかってましたね。それで近くにある実家に車で向かい、母を乗せて近所の小学校に行ったんですけど、みんなパニック状態でした。途中で雪が降っていたのを憶えてます」

運良く地震から一時間後には夫との電話が繋がり、互いの安否は確認できたそうである。

「ダンナは職場が大変だから今日は帰れないと言ってました。それで私は午後六時前に一人で自宅に戻ったんですね。それとじつは私、石巻に津波が来たことを知ったのはその三日後なんです……」

一瞬、意味がわからなくなった。いったいどういうことなのだろうか。

「最初の揺れの段階で停電したんで、テレビが見れないじゃないですか。で、あとになって携帯のワンセグでちょっと津波の映像を見たんですけど、それが石巻だとは思わなかったんです。携帯の充電ができないから、電池の節約のためにワンセグを見ないようにしてたんで、まったく知らずにいました」

自宅に直接津波が押し寄せなかったことも一因だった。とはいえその晩、飼い犬とともに自宅で過ごしたアヤさんは、恐怖を味わうことになる。

「まず夜の八時頃に携帯が全然使えなくなったんですね。それで深夜の二時頃になって、外で変な音がすると思って見たら玄関の外が水びたしになっていて、扉の隙間から家のなかに水が流れ込んできたんです」

やはりこれも津波の影響だと思われるが、潮位が上がり、彼女の自宅の周辺は水没し孤立してしまったのだ。

「一階の床上二十センチメートルくらい浸水しました。暖房とかなにもなくて寒いなか、水が入ってくるところに必死でタオルをかませたんですけど、それでも水が入ってきました。もう、怖くて怖くて……」

そのときの恐怖を思い出したのか、両手を胸の前できつく組みながら口にする。

「車も浸水してエンジンがかからなくなってて、それで私、犬を抱いてうちよりも高台にある近所の新築の家を訪ねていって、それから三日間、避難させてもらったんです」

「それは知り合いの家なんですか？」

「挨拶を交わす程度なんですけど、顔見知りのご夫婦です」

つまりそれほどの緊急事態だったのだと理解した。アヤさんが夫と再会できたのは地震から四日後のことだったという。

「やっとうちのまわりの水が引き始めたときに、ダンナも車が使えなくなってたので、会社の自転車に乗って帰ってきました」

それからは床上浸水した自宅の片付けや、同じく浸水した実家の片付けに追われることになる。

「津波の被害に遭った場所を見たのは二週間後のことです。私は気が進まなかったんですけど、ダンナが絶対に見たほうがいいと言うので、一緒に見に行きました。見たら、もう涙が止まらなかった……」

昔から知っている景色が、見るも無残に破壊されていた。彼女は過酷な現実を初めて目の当たりにしたのだった。

「もう人生観が百八十度変わりました。友達は一緒に連れて逃げようとしていた子供を、津波に呑まれて亡くしちゃうし……。あと、電気、ガス、水道も全部使えるのが当たり前だと思っていたら、電気は三週間、ガスは一週間、水道は一カ月使えなかったりとか……」

そんななか、シライさんから安否を確認するメールが届いたのである。

「こっちは大丈夫だから、いつでも来れるようになったら連絡してといった内容でした。そのときはまだ車が使えなくて店に出ることはできなかったんですけど、まわりに仕事がないというときに、私は通えるようになりさえすれば仕事があるということを実感したんです。それが一縷《いちる》の希望になりました」

アヤさんが仕事に復帰したのは五月七日とのこと。つまりこの取材のわずか二日前ということになる。

「車はまだ代車なんですけど、久しぶりにこの世界に戻ってきて、仕事のできる幸せを感じました。あと、人と話せることも嬉《うれ》しかった。たまたま最初のお客さんが気仙沼で被災した人だったんですね。それもよかったかもしれない。お互いに大変な目に遭ったねって話をして、でも、生きてこられたからこういうことできるんだねって。やっぱり同じ境遇を味わっているから、いままで人に話したくても話せなかったことを、いろいろ口にすることができて、気が楽になったんです」

相手は四十代で、まだ仕事に復帰できる状況ではないために休みを取り、ボランティアをしている男性だった。アヤさんはしみじみと語る。

「震災前はやめようと思っていた風俗の仕事ですけど、生活を立て直すために続けようと思います。この仕事はありがたいですよ。働いた分だけおカネをもらえるんですから。私、自分のおカネは自分で出したい性格なんです。あと、自分がやってもらったことは、ちゃんとお返ししたいから、そのためには経済的な余裕が必要なんです。おカネを持ってると、気持ちに余裕が持てるじゃないですか……」

希望を語る一方で、彼女は現在抱えている不安についても口にした。

「ただ、あの日以降、最悪のことばかり考えるようになったんですよね。まだ余震って続いてるじゃないですか。石巻は地盤も下がってるし、また津波が来たら守ってくれるものがなにもないんですよ。だからここにもおっかなびっくり来てて、もしまた津波が来て、私が一時間半かけて帰り着いたときに、家はどうなってるんだろうって考えると、具合悪くなっちゃうんです。いま、大事なものは全部家のなかの高い場所に置いてるんですよ。浸水が怖いから。さっきはこの仕事はありがたいと言っておきながら矛盾してるんですけど、正直いって、長時間家を空けたくないという気持ちもありますね」

風俗の仕事には精神的に助けられたというアヤさんだが、風俗の仕事だからこそ、家から近い地元ではできないといった事情も同時に抱えている。その不安定な天秤《てんびん》はいったいどちらに傾くのだろうか。

まだ迷いのなかにいる彼女に目を遣《や》る。居場所を求めてさまようその姿は、陽炎《かげろう》のようにゆらゆらと揺れて見えた。

第三章　誰にも言えない仕事

なんとか宮城県と岩手県で三人のデリヘル嬢の取材を終え、週刊誌の記事にすることができた私は、このテーマで継続して話を集めたいと考えた。

未曽有の災害に直面した彼女たちは、同じ境遇にある客たちになにを与え、なにを受け取ったのか。そこでの葛藤も含め、許される限りは訊いてまわるつもりだった。

しかし、またすぐに壁にぶつかってしまう。

それは沿岸Q市のヒトミさんが口にしていた「ちいさな町のことですし」という言葉に関係していた。

東北地方最大の都市である仙台市でも人口は百万人をわずかに超える規模であり、三陸地方の沿岸部ともなれば、さらに人口は少なくなる。たとえば宮城県石巻市の人口は十五万人を割っており、岩手県釜石市などは四万人にも満たないというのが現状である（すべて二〇一五年十二月現在）。

ちいさな町のなかで、多くの被害が出た直後に風俗の仕事をしていることをメディアで明かすということは、大都市におけるそれとは比べものにならないほどハードルが高い。

そのことを実感したのは、先の取材から二週間後に、今度は実話系週刊誌で同様のテーマで取材相手を探したときのことだった。

掲載条件として柔らかい内容の記事を求められたため、顔は隠しても構わないが、モノクログラビアページで下着姿もしくはヌードになれる女の子を探す必要があったのだ。その際に私は、できる限り前回との重複を避けるため、まずは取材していない風俗店に電話をかけることにした。

しかし、なかなか取材を受けてくれる店は見つからなかった。最初は下着姿やヌードという条件に抵抗があるのかと考えたが、そうではなかった。インターネット上の風俗情報ならば構わないが、ネットを利用しない人でも手に取ることのできる雑誌媒体に、自分の存在を掲載されることに抵抗を持つ女の子が多かったのである。

沿岸部にある某デリヘルの店長は電話口ではっきりと口にした。

「いやあ、店としては宣伝になっから出てほしいんだけどね、女の子が雑誌はどうしても嫌だって言うんだぁ。脱ぐ脱がないとか、顔を出す出さないとかじゃなくって、どうしても嫌なんだって。やっぱり、地元で知ってる人にバレるのが怖いんだべ」

当然ながらその店はホームページを持ち、女の子たちは顔を隠した状態で登場している。また、ほとんどの子が外部の風俗情報サイトにも出ている。しかし、それでも雑誌に取り上げられるのは嫌だというのだ。

断られ続けながらも締め切りは迫ってくる。いよいよ窮した私は、スズキさんとシライさんに助けを求めた。

「ああ、いいよ。また明日電話して」とスズキさんはこともなげに答えた。

「前回アヤちゃんが雑誌に出たって話を聞いて、私も出たかったっていう子がいるから、聞いてみましょうね」とシライさんは、あっさり口にした。

なぜこの二軒だけはすんなり取材が可能になるのだろうか。その理由について、いまは深く考えずに利用させてもらおうと思った。なにしろ被災した風俗嬢についての取材は手探りの段階なのだ。まずは企画を続けていくことが先決だろう。

すでに三月十一日から二カ月以上が過ぎていた。ただそこにあるものを記録するだけでなく、人心の変化に目を向ける時期に来ているような気がした。

そのように、新たな視点を思いつくのと同時に、罪悪感もあった。いまこの時期、風俗の取材をしていていいのだろうか、と。夜になって酒を飲んでいると、連日のように被災地で見てきたことを思い出していた。それは妻を失った夫であったり、娘を失った母親だったりした。さらには、写真を撮影していて罵声を浴びせられた遺体収容中の消防団員だったり、流された家のあった場所で静かに手を合わす女性の後ろ姿なども脳裏に浮かんだ。

いま自分が望んでやろうとしていることは、不遜なことなのだろうか……。記憶が蘇るたびに自問する。だが、答えを出すことはできなかった。

＊

スズキさんの店で二人、シライさんの店で一人を取材した。前回の取材とダブったのはスズキさんの店で、チャコさんとラブさんを二日に分けて一人ずつ撮影した。

まず五月二十日にチャコさんをレンタカーに乗せ、彼女の道案内で震災後に石巻市内で最初に営業を再開したというラブホテルへ向かう。

道中、道の端には瓦礫が積み上げられ、そこだけがモノクロームの景色に見える。視線を上に向けると、抜けるような青空が広がっている。私はチャコさんに尋ねた。

「相変わらず忙しい日々ですか？」

「うーん、変わらず多いですね。職場が津波でやられて休みって人がけっこういるんですよ。そういう人たちとか、来てますね」

助手席の彼女は前を向いたまま答えた。深緑の地にオレンジ色の大きな花柄をちりばめたミニのワンピースを着た彼女の胸元は、大きく前に張り出している。店の公式プロフィールでは身長が百五十センチメートルでバスト八十八センチメートルとなっているが、その数字は誇張ではないだろう。思わず、〝トランジスタグラマー〟なる古い単語が浮かぶ。過酷な現実に行き場を失い、たゆたう男たちが、そんな彼女のもとに次へと癒やしを求めてやって来る。

「たとえばね、悲惨な経験をしたお客さんが何人もやって来るじゃないですか。疲れません？　正直なところ……」

ハンドルを握り、前を向きながら切り出した。チャコさんの表情は窺《うかが》い知ることができない。少し間を空けて、やや低めの声で言葉が返ってきた。

「それはありますよ。やっぱ、重いですよ」

「ですよね……」と口にして、私も彼女も黙り込んだ。

ホテルは門をくぐると独立した平屋造りの部屋が並び、各部屋の玄関脇にある駐車スペースに車を停めるようになっていた。撮影機材を肩にかけ、二人で室内に入る。明るく清潔な部屋だ。

「じゃ、撮りますか。まずは下着姿になってもらえますか」

「はーい」

チャコさんの返事に躊躇《ちゅうちょ》の色はなかった。背中のファスナーをおろし、あっさりと青い上下の下着姿になる。私は私で撮影の準備のためにカメラをセットし、持参した小型のレフ板を広げた。続いてベッドの上に座ってもらい、グレースケールを使ってホワイトバランスを調整する。長年続けてきた〝仕事〟だった。そこに劣情はない。顔は出さないとの約束をしているため、掌で目元を隠してもらう。テストで一枚撮り、「こんな感じで大丈夫?」と彼女にモニターを見せる。「うん、大丈夫」の言葉。この流れで下着姿とヌードを約五十カット撮影した。

「じゃあ今度は外でちょっと撮影しましょう。事務所までの帰り道でいいんで、瓦礫が残ってる場所に行きましょう」

「はーい」

彼女はそそくさと服を着る。透けるような白い肌に、張りのある乳房だった。風俗嬢の取材を長期間続けているからわかるが、決して〝盛って〟いる乳房ではなかった。つまり豊胸手術などは施していないということだ。しかしそれでいて、仰向《あおむ》けの姿勢でもかたちが崩れず天に向かっているのが印象に残った。

外での撮影場所に選んだのは、修復されずに営業を休止しているラブホテルの前だった。倒れかけた外壁の脇には材木や藁《わら》ゴザ、コンクリ片などが散乱している。周囲には誰もいない。色味はチャコさんの着る派手なワンピースだけだ。風が吹き塵《ちり》が舞い上がる。彼女の茶色の髪がたなびく。まるで吹きだまりのような場所で、シャッター音は風切り音にかき消された。

＊

翌日、今度はラブさんを車に乗せ、昨日と同じホテルへ向かった。前回の全身を黒で包んだ装いとは異なり、ピンクと黒のストライプ柄の柔らかそうな素材のブラウスに黒のミニスカートを穿《は》いていた。ミニスカートの裾からは黒いストッキングに包まれた細い脚が伸びる。

「アハ、今日はヌードなんですよね。かわいく撮ってくださいね」

ラブさんは明るく口にした。

「頑張るよ。ただ、日が暮れる前に外での撮影をしておきたいから、先にそっちからね」

取材開始が午後五時と遅かったため、まずは自然光のあるうちに、被害の爪痕の残る場所で写真を撮っておきたかった。私は彼女に尋ねる。

「ところで、どこか瓦礫が積み上がっているような場所、知らないかな？」

「そんなの、ちょっと走ったらいくらでもありますよぉ。もうちょっとまっすぐ行ってみてください。そうしたら左右にあるから」

ラブさんが言う通り、すぐに人の姿はなくなり、左右に瓦礫の山が現れた。二メートルほどの高さでドラム缶や泥、プラスチック、木片、鉄骨などが積み重なっている場所に車を停めた。

ぴょん、ぴょん……。車を降りた彼女は、瓦礫の前でうさぎのように飛び跳ねる。

「はい、じゃあ撮ろうね。いいかい?」

まるで教師のような物言いで告げると、彼女は「オッケー」と言い、広げた掌を顔の前にかざし、ポーズをとった。躰を斜めにしてこちらに顔を向け、余ったもう片方の手は腰にまわしている。きめすぎのポーズだ。注文をつけようかと思ったが、それもやりすぎた演出になるような気がして、やりたいようにさせておくことにした。

連続してシャッターを押すごとに表情とポーズを変える。きっとテレビで見たプロのモデルの撮影を真似《まね》ているに違いない。もし東京での取材で素人の女の子が同じことをしたら、ちょっと鼻白むかもしれないが、不思議と悪い気持ちはしなかった。

サービスの意味も込めて、普段より多めにシャッターを切った。

続いて昨日と同じ流れでホテルの室内に入ると、私は撮影の準備に取りかかった。ラブさんもまた、チャコさん同様に淡々と服を脱ぎ、赤地に黒いレースの刺繡《ししゆう》が施されたブラジャーと、黒地にヒョウ柄のパンティ姿になった。華奢《きやしや》な躰つきの彼女は、嬉しそうに私の前に置かれたカメラとレンズを見てまわる。

「ちょっとベッドに上がってくれる?」

ぴょんとベッドの上に飛び乗った彼女の前に、ホワイトバランスを調整するためのグレースケールをかざし、カメラを構えた。

「わあ、なにそれ？」

「あ、これ？　これは肌色がちゃんと出るように調整するための道具」

「へえーっ、そうなんだ。面白そう」

無邪気な声が室内に響く。そんなときはこちらも軽くなったほうがいい。私はチャコさんのときとは異なり、殊更に明るい雰囲気を作り言った。

「はーい、そんじゃあ撮ろうか。まずはそこで女の子座りをして、こっちに顔を向けてニコーッとしてみて。いい？　ニコーッだよ」

「きゃはっ、ニコーッ、ね。わかったぁ」

シャッターを切り始めると、ラブさんは外での撮影と同様に、みずからポーズを取り、唇のかたちを変化させた。

彼女もチャコさんと同じで下着を取ることに抵抗はなかった。ブラジャーを外すと小ぶりの乳房があらわになる。

「ねえ、私ってかわいい？」

撮影中、ラブさんが唐突に訊いてきた。

「うん、かわいいよ」

私はさほど考えずに返した。

「嬉しい。じゃあもっとかわいいって言って」

「かわいいよ」

「えーっ、そんなにかわいい？」

「うん、かわいいよ」

「かわいい……かわいいんだ。きゃはっ」

口にしながら、彼女はどうしてそこまで自分の評価を気にするのか、わずかな違和感が生まれた。ファインダーを覗《のぞ》きながら私は口にする。

「ラブさんは自分自身のことをどう思ってるの？」

「えーっ、私ぃ？　わかんない。ふつう」

取材ではいつも相手の目を見る。そこから真意を測る癖がついている。自分について問われたときのラブさんの目は、なんの感情も持っていない目だった。心を閉ざしている、そんな目だ。

彼女はいったいなにを見てきたのだろうか。

「ねえ、ラブさんの家族ってどんな家族？」

「えーっ、ふつう」

そう口にしたが、答えたくないという感情が表情と声色から伝わってくる。

だめだ、ここで突っ込んだら撮影が終わる。これまでの経験からくる危険信号が、それ以上の質問を抑えさせた。

「そっか。じゃあ次はこういうポーズをとってみない？」

撮影を優先させようと、話題を変えた。私のなかには違和感が渦巻いたままだった。

すっかり暗くなった道を、ラブさんを横に乗せて走る。撮影はつつがなく終了した。

彼女の機嫌をそこねることもなかった。助手席で長くカールした茶髪をくるくると指に巻きつけ、鼻歌を歌っている。

今日、これから仕事をするというラブさんを、女性たちの待機所があるアパートまで送ることになっていた。

「もうすぐドライバーさんが来るから、それまで車のなかで待っててもいい？」

木造アパートの前までやって来ると、彼女は言った。

「え？　それはべつに構わないけど、部屋のなかで待たなくていいの？」

「うん。なんかあそこにいるのって、あんまり好きじゃないの」

ハザードランプをつけ、サイドブレーキを引く。改めてラブさんのほうを見た。

「それって、ほかの女の子と話すのが面倒とか、そういうこと？」

「うーん、それもあるし、なんか嫌なの」

彼女は視線を指先に巻いた髪に向けたまま話す。詳しく説明する気はないようだ。私は「そうなんだ」と口にするに留めた。

小さく流れるカーラジオの音だけが車内に響く。外は暗く、車通りもないため、しんとした空気がまわりを取り囲む。

「あのね……」

唐突にラブさんが切り出した。

「私、もうちょっとしたらお店をやめようと思ってるんですよ」

「え？」

相変わらずこちらに顔を向けずにいる彼女は続けた。

「なんかね、あんまりこの仕事を続けたくないんですよね。ていうか、いいかげん嫌になってんの。誰にも言えない仕事だし……」

「それは最近考えるようになったの？」

「ううん、前からですよ」

「震災の前？」

「そう。だけどああいうことがあったでしょ。だからとりあえずおカネ持っておかなくちゃって、我慢して働いてたんですよ。でも、もうそろそろいいかなって……」

そのときラブさんの携帯が鳴った。電話に出た彼女の話しぶりからドライバーがやって来たようだ。

「あ、ドライバーさん来たみたいなんで行きま〜す。今日はありがとうございました」

こちらに顔を向け、ドアに手をやりながら接客用の笑顔を向けた。そして、車外に出た彼女は忘れ物をしたようにドアを再度開け、首を入れてきた。

「私がやめるって話なんですけど、まだ内緒にしてるんで、誰にも言わないでくださいね。じゃ、失礼しま〜す」

ドアを閉めると、後ろからやって来た車に向かって小走りで駆けていった。それが彼女を見た最後だった。

＊

五月二十二日、石巻市から車で奥州市前沢区へと向かった。距離にして八十数キロメートル。高速道路も併用して約一時間半の移動だ。

アヤさんを取材するときに待ち合わせたホームセンターの駐車場に車を停めると、すぐにシライさんから電話があった。

「ああ小野さん、今日は私そっちに行けないから、ドライバーが取材してもらうサオリさんを乗せていきますんで。車の車種と色を教えてもらえます？」

それらの質問に答え、駐車した位置とこちらの車のナンバーも伝えたところ、二分もしないうちに乗用車が横付けされた。降りてきたのは小柄で細身の、整った顔だがちょっと化粧がキツめの、見た目から二十代後半くらいと推測される女の子だった。茶髪のストレートロングの髪型で、イメージとしてはスナックのホステスさんといった雰囲気だ。サオリさんは白いレースが施されたミニのワンピースに黒いストッキングを合わせ、ヒールを履いている。

彼女について、事前になにも情報を得ていない私は、「今日はよろしくお願いします」と笑顔を向けた。

「あ、こちらこそよろしくお願いします」

サオリさんはやや緊張した様子で、ぎこちなく頭を下げる。大人っぽく妖艶な見た目からは想像できない、少女のように幼い声だった。派手な外見の印象から、世慣れた感じで適当な受け答えをされることを恐れたが、この緊張の様子だと、そういうことはなさそうだ。ひとまず胸を撫《な》で下ろした。

「じゃあすみませんが、私の車で取材場所のホテルに向かいましょう」

「はい」

彼女を後部座席に乗せ、これまたアヤさんを取材したのと同じラブホテルを目指す。

ちらりとルームミラー越しに見ると、ひざの上で両手を結び、硬い表情だ。

「サオリさんは、いままでに取材とかは受けたことあります？」

「あ、いえ、お店のホームページ用に受けたくらいです」

「そうですか。あんまり緊張しなくてもいいですからね。こちらからいろいろ質問しますんで、それに答えていただければ大丈夫ですから」

「はい。でもドキドキしちゃって」

「最初はみんなそうですよ。長いことこの仕事をやってるボクなんかですら、いつもちゃんと取材ができるかどうか考えただけでドキドキしちゃってますから」

「ウフフ、そうなんですか？」

　初めて笑顔が向けられた。

「はい。もう毎回ドキドキで、痩せちゃいそうです。痩せないけど……」

「ウフフ……」

　私のさして面白くないおっさんジョークに気を遣って笑ってくれる姿に安心する。もうすぐ目的地のホテルだ。

　空いている部屋の駐車場に車を停め、私が先導して部屋に入る。石巻市で取材に利用したラブホテルにくらべると、室内がやや殺風景な造りになっている。あちらが陽だとすると、こちらは陰といった風情で背徳感が漂う。まず室内の明かりを最大にした。

「先にインタビューをしますんで、ソファーに座っていてください」

「はい」

玄関でハイヒールを脱いで部屋に入ったため、彼女が小柄であることをより実感する。身長は百五十センチメートルくらいだろう。ただ、顔が小さくて脚などもほっそり長いため、均整がとれている。単独で写真を撮って比較するものがなければ、身長百六十五センチメートルといわれても疑いを持たれないだろうな、などとふと考えた。

「サオリさんは震災のときにはどこにいたんです？」

撮影機材をセットしながら切り出した。すると彼女はこちらに目を向け言う。

「私ですか？　私は気仙沼にいました。海の近くのアパートだったんですけど、お昼ごはんを食べてるところだったんです」

「家族と一緒に住んでたの？」

「いや、一人暮らしです。実家も気仙沼にあって、そこにも津波がやって来ました。それでうちの実家、燃えちゃったんです」

「え？　たしか気仙沼って津波が来た夜に湾を中心にして大きな火災が起きてたけど、そのとき？」

サオリさんは揃えた両足を伸ばし、前屈のような姿勢を見せてから、こちらに苦笑いの顔を向けた。

「いやいやいや、うち、放火されてしまったんですよ」

「はあ？」

私は間抜けな声を上げた。

「津波はやって来たけど、家は壊れずに残ってたんですね。それで一週間くらいは必要なものを取りに行ったりしてたんです。けど、それから放火されちゃって全焼ですよ。当時、近くで何軒も同じようなことがあって、『津波のときに起きた火事で家の焼けた人が、無事だった家に火をつけてる』との噂が立っていました」

放火であることやその犯人像についてはあくまでも噂であって、確実な話ではない。だが、彼女の口調は確信しているものだった。

「そんなことが起きてたんだ……」

私が呟《つぶや》くと、サオリさんもやるせない顔を見せる。

「もう、やんなっちゃいますよね。みんな大変なのは一緒なのに、そんなことやる人がいるなんて……」

「ほんと、そうだよねえ……。ところで、サオリさんのいたアパートも海の近くだったんでしょ。逃げなくても大丈夫だったの？」

私はノートとICレコーダーを持って彼女の横に座ると、話の流れを変えた。

「いや、逃げましたよ。地震が起きたのは、ちょうど出入りの薬屋さんがやって来て、うちのドアノブに手をかけようとしてたときだったんですよ。で、部屋のなかは立っていられないほどのすごい揺れで、揺れが収まった頃に、隣の部屋に住んでいる六十代のオジサンがやって来て、『津波が来るぞ、逃げるぞ』と言われ、慌てて薬屋さんとかと一緒に、高台にある小学校に避難したんです」

そこで彼女は、眼下に広がる気仙沼の市街地を、轟音《ごうおん》を立てながら津波が呑み込む姿を目の当たりにしたのだという。

「船とか家が目の前で流されるのを見て、『ああ、もう気仙沼だめだ』って、頭が真っ白になりました。それから避難所になったその小学校で四日間を過ごし、無事だった母親や兄弟と再会できたのは十五日になってからです。それからは親戚の家に家族全員でお世話になってました。その最中に、実家が放火されたんです」

実家が燃えたことに大きなショックを受けた彼女に、デリヘルのオーナーであるシライさんから安否確認の電話があったのは、三月下旬のことだった。

「オーナーからは、『もしすぐに働きたいのなら、前沢に待機所のマンションがあるから、そこに寝泊まりしながら何日か働いて戻るということもできるよ』と言われ、現金を稼ぎたいという思いで気仙沼からバスで前沢に行き、何日か泊まりで働いては戻るという生活を始めたんです」

そもそも、サオリさんはいつからデリヘルでの仕事を始めたのかを尋ねた。

「去年（二〇一〇年）の八月からです。それまでは気仙沼にあるスナックでバイトしてたんですね。けっこう長く勤めてたんですけど、そこのマスターと喧嘩《けんか》してしまい、気まずくなってやめちゃったんです。それで自暴自棄になったというか、私なんてどうでもいいや、みたいな。ほんとにふとしたきっかけで、風俗で働いちゃおうってなったんです」

最初は気仙沼市から比較的近い岩手県一関市にある、現在の店の系列店で働いていたそうだが、震災後は早々と営業を再開させた奥州市前沢区の店に移ったのだとか。

「風俗にはすぐに慣れた？」

「ううん、最初のうちはすごい緊張してました。どうすればいいのかわかんないし、こなしていくだけで精一杯でした」

「それが変わったのは、なにかきっかけがあったの？」

サオリさんは恥ずかしそうに、目を逸《そ》らし口にした。

「リピーターのお客さんが来たあたりですね。やっぱり初対面の人にくらべて慣れがありますから……。それからはお客さんに『感じやすいね』って言われたりするようになりました。プレイで気持ちよくなっちゃうから、私ってヘンタイなんだなって思ったり、エロい女って思われたらどうしよう、なんて考えたりしますね」

「そっか。でも慣れた頃だったとすれば、震災後に復帰するときも、さして抵抗は感じずに済んだわけだ」

「抵抗というか、それよりも実家が焼けたことがショックで、絶対にこれからおカネが必要だって思ってましたから……」

「先月（四月）は忙しかった？」

「はい。ライフラインが復活して落ち着いてきたところだったから、これまでにない忙しさでした。私は正午から深夜まで十二時間くらい働いてるんですけど、多い日は七、八本ということもありました」

通常は三、四本くらいとのことで、そう考えると倍増したことになる。

「被災した人とかも来る？」

「多かったですね。会社も家も流されたという人だったり、親戚が亡くなった人とか……。あと、避難所にいてお風呂に入れないし、ホテルにお風呂に入りに来たついでに呼んだという人もいました。わりと若い人が多かったですね」

「そういうとき、サオリさんはどういう対応をするの？」

「いや、ふつうと変わんないです。一応、話したくない人もいるだろうから、こちらからはあんまり話を聞かないように気をつけてたくらいです」

私は時計がないかと部屋を見回したが、見つからない。仕方なしにポケットから携帯電話を取り出して時刻を見た。シライさんには撮影込みで四十分ほどと伝えているため、もう話を聞いている時間はない。

「よし、じゃあ撮影しましょうか」

そう口にすると立ち上がった。

*

ウインカーをつけて東北道に入る。レンタカーを借りている仙台まで車を返しに行かなくてはならなかった。

部屋を出る前にサオリさんから、年齢は二十九歳だと聞いた。ちなみに、お店では二十五歳で通していることも。

かりそめの肉体関係を提供する風俗の業界ではよくあることだ。客は彼女のことを二十五歳だと信じて呼び、触れ合い、帰っていく。たとえ疑問に感じても、深くは詮索しない。もし客が尋ねてきたとしても、彼女が真実を明かすことは、滅多なことではない。

現実の生活とは一線を画した場所なのだ。だからこそ現実では周囲に見せることの憚《はばか》られる、本能に基づいた姿をあらわにすることができる。

東北道を南下しながら、これまでの、被災地の取材を終えて、沿岸部から山道を越えて内陸部へと戻る道中の自分とは、まるで気分が異なっていることに気付いた。

かつて沿岸部の被災地から山を越えて内陸部へと向かうとき、私は〝棒〟になっていないためにも、それまで己を潰さないための防衛手段だった。だがいまは違う。取材を反芻《はんすう》できる自分がいる。今日出逢《であ》った現実と向き合うことができる。

それは風俗で働く彼女たちが、己の背景を隠して客と向き合うフィクションの存在だからなのか……。

どうもそれだけの理由ではない気がする。真相を探るためにも、取材を継続する必要を感じた。だが、そのためにはなんらかの記事を掲載してくれる媒体を探さねばならない。すでに総合週刊誌と実話系週刊誌での取材を終えているため、重複しない媒体、もしくは新たな切り口を見つけなければ、話を聞ける女の子にたどり着けないのだ。

ドン、ドン、と車が跳ねる。東日本大震災によって生じた路面の〝たわみ〟がいまだに残ったままの道だが、これもやがて修復工事によって元通りになることだろう。そして人々の記憶から消えていく。

そうした〝たわみ〟がなくなり、忘れられる前に記録しておくことは、取材者としてあんがい大切なことかもしれない。未曽有の災害直後における、風俗嬢と客との関わりについても、いましかない〝たわみ〟があるわけで、それに目を向け記録しておくことは、決して意味のない行為ではないはずだ。

もうすぐ、仙台だ。今日は東京に戻らずこの街に泊まろう。そして美味《うま》いものを喰《く》い、ゆっくり休もう。

近づく大都市のネオン街に思いを馳《は》せた。

第四章　ＰＴＳＤに見舞われて

最初の夏がやって来た。

私は相変わらず月に数日は岩手県と宮城県の沿岸部をまわっていた。街なかの瓦礫は減ってきたが、壊れたままの建物はそこここにある。地域によって復旧のスピードは異なり、遅れていると感じた気仙沼市の中心部では、震災から半年後の九月でも水が引かず、取り残された路線バスの車体がタイヤを水に漬けたまま点在していた。アスファルトの剝げた道路の脇には鉄くずとなった車が積み重なり、西日を受け沈黙を貫く。そこだけを見ると、あの日から時間が止まっているかのような感覚に襲われる。

この時期、雑誌に被災地の風俗について企画を通すことのできなかった私は、被災から復活したスナックの取材をしてまわった。内容がなんであれ、現地の変化を目にするためのきっかけが欲しかったのだ。

石巻市の歓楽街である立町《たちまち》は、津波の被害をもろに受けていた。四月の夜に訪れたときは、まるでゴーストタウンのようなその光景に愕然《がくぜん》とした。その前年の二〇一〇年に殺人事件の取材で現地をまわり、立町の飲み屋にも頻繁に顔を出し世話になっていた。そんな記憶に残る街がことごとく破壊され、無人の闇に包まれた姿を目にするのはやるせなかった。

その立町で津波にやられながら、最初に営業を再開したスナックを訪れたのは、偶然の出会いからだった。

五月に人妻風俗嬢のチャコさんを取材した日の晩、ごく一部の店が営業しているだけの、わずかに明かりの灯る立町を歩いていると、客を送り出したばかりのママを見かけたのだ。空いている店が少ないこともあり、私が「すみません。一人だけど大丈夫ですか？」と尋ねたところ、「ああ、どうぞ～」と彼女は気軽に招き入れてくれた。

そこで酒を飲みながら耳にしたのは、震災でいかに店が破壊されたかということだった。しかもそれは地震や津波によるものだけではなかったようだ。

「初めて店に入れたのは、二週間後くらいでしたね。扉を開けると店のなかは泥だらけ。でもそれだけじゃなく、カラオケのモニターだとか金目のものが、ほとんど泥棒に盗まれてたんです。これはうちの店だけじゃなくて、まわりの店もそう。もうほんと、みんなが大変な状況のなかで、ひどい人がいるなって思いましたよ」

自宅も津波被害に遭って全壊したというママは、カウンター越しにやるせない表情を見せた。

「そんときは全部終わったなって、思ったんですよ。でもね、あとからだんだん闘志が湧いてきたっていうかね……だって悔しいじゃないですか、やられたままっていうのも。それで店をなんとか復活させようと思って、知り合いに声をかけてまわったんです。うちが最初に店を復活させたら、まわりも頑張って店を開けようって気になるんじゃないかと思って……」

店を再開させたのは震災から一月半後の四月二十五日のこと。まだまわりは夜になれば真っ暗な状態だったという。

「いまは近くにもぽつん、ぽつんと営業する店ができてきましたけど、最初はみんな閉まってて、明かりもなかったし怖かったですね。けど予想外にたくさんお客さんが来てくれて、いつもいっぱいだったんです。だってみんな、もう一軒はしごしようにも、ほかにやってる店がないんですから。ははは……」

私の酒のおかわりを作りながら、ママは明るく笑った。

強いなあ。凛《りん》とした横顔を見ながら思った。諦めてしまいそうになる、投げ出してしまいたくなることに直面してなお、立ち止まらず前に進む。並大抵のことではできない彼女の行動に感銘を受け、いずれこの話はどこかで取り上げようと胸に誓った。

そして今回の取材に至ったのである。

まわったのは宮城県内のみで、松島町《まつしままち》、石巻市、気仙沼市と順に北上していった。九月上旬のことだった。

取材したのは、くだんのママの店を含め、そのいずれも津波によって店を破壊された絶望を乗り越え、再開にこぎつけた店ばかり。石巻市で六月中旬に復活したあるスナックなどは、震災のわずか三日前に店を開店させたばかりだった。それが津波の襲来によって全壊してしまったのだ。出鼻を挫《くじ》かれるという落胆からの再出発なのである。また、気仙沼市で取材したスナックも、もとあった建物が津波で全壊。場所を変えて一からやり直していた。その新たな店は雑居ビルの二階にあるにもかかわらず、店内の壁の高さ約一・八メートルの位置に「3.11.2011 WATER LEVEL」との矢印のプレートがつけられていた。つまりはそこまで津波によって浸水したということだ。

みんな、闘っている。

スナックを営む彼女たちのエピソードを雑誌で取り上げることにより、少しでも店の宣伝になればとの思いを抱いた。それが、話を聞き、写真を撮り、それを記事にすることしか能のない私にできる、唯一のことだった。

この夏の時期、私は被災地の風俗嬢たちを取材することがなかったため、その動向について知る由もなかった。

ごくたまに店のホームページを見て、取材した彼女たちの所在を確認した。いつしか石巻市のラブさんの名前は消えていたが、その他の女の子たちはいた。それに安心し、とくに大きく気に留めることはなかった。

ところでいまさらではあるが、なかには三、四十代の女性もいるのに、私が〝女の子〟という表現を使うことに違和感を覚える向きがあるのではないだろうか。風俗の世界では年齢にかかわらず、風俗嬢について〝女の子〟という表現を多用する。前述した男性客の数を〝×本〟と表すこととともに、その業界ならではの言い回しであり、私にはそちらのほうが収まりがよい。そのため以後も使用することをご理解いただきたい。

私が関わることのなかったこの期間、じつは女の子たちに変化があったことを知るのは、それからしばらくしてからのことだった。

＊

二〇一二年一月になり、私はふたたび宮城県と岩手県をまわれることになった。月刊の総合誌で被災地の風俗嬢を取り上げる企画が通ったのだ。今度は写真ではなく、文字だけで震災後に彼女たちの周辺で起きた出来事を綴《つづ》る、ルポルタージュの仕事だった。

きっかけはその二月前に、石巻市にあるスズキさんの店で取材したチャコさんに電話を入れたとき、耳にした情報だった。携帯の番号を教えてもらっていた彼女に最近の変化を尋ねたところ、以前から勤めていた女の子で、両親を津波で失った人妻さんが、夏から仕事に復帰しているという話がもたらされたのである。

聞けば、ユキコさんというその女の子は毎日のように店に出ているという。そこで、ほかの地域の女の子たちの話も含めて企画を出すことにしたのだ。そして年末に企画が通ったことで、一月に改めてチャコさんの携帯に電話を入れた。

「ああ、こんにちは」

ハスキーな声が受話器から聞こえた。私は相手が出たことに安心して言葉を続ける。

「じつは今度取材することが決まって、石巻に行こうと考えてるんですけど、最近チャコさんはお店に出てますか？」

「うーん、ちょっと減ってるんですよね。私ね、前に電話もらったときに話してなかったんですけど、七月くらいからいきなりのぼせて汗が出たり、息苦しくなったりするようになってね、九月頃まで頑張っても週に一、二日くらいしかお店に出られなくなってたんですよ。それで病院に行ったら、自律神経失調症だって言われたんです」

「ええっ、それは大変でしたね」

「でもね、病院でもらった薬を飲んだらだいぶ楽になって、それからは週に三日くらいは出られるようになったんです。ちょうど七月くらいからお客さんの数ががくんと減ってたんで、それにも助けられました」

楽になったとはいえ、現在は午後三時半くらいまでには仕事を上がり、帰るようにしているのだとか。私は尋ねた。

「どうして自律神経失調症になったのか、なにか心当たりってあります？」

「やっぱりそれまでは店も混んでたし、私自身も気が張ってたというのはあったと思うんですよね。だけどそれが徐々にゆるんできたというのはあるんじゃないかな。あと……」

「あと？」

「つらくなってきちゃったんですよ。毎日毎日、やって来るお客さんの被災した話を耳にするでしょ。それが、すごく重く感じるようになっちゃって……」

ここで彼女は間を置いた。言っていいのかどうなのか逡巡《しゅんじゅん》する空気が、受話器越しに伝わってくる。私は繋ぎの言葉を入れた。

「重く感じるようになって？」

「うーん、正直に言うと面倒になってるんですよね。自分の心の負担というか……。耳にする話がみんな重いんです。あんまりそれを背負いたくないっていうか、聞いている自分もガクンときちゃうんです」

「たしかに、重いよね」

チャコさんの言葉を肯定した。当事者でない私は、そこでどうすべきかということを、彼女に言える立場にないからだ。

重苦しい話という印象を与えないために、口調を丁寧なものからフランクなものに切り換えて、話題を変えた。

「最近はお客さんの傾向は変わった？」

「そうですね。震災前は六十分とか七十分くらいの短いコースの人が多かったんですけど、いまはみんな百分とか、それ以上のロングのコースに変わりました」

「それはどういう理由で？」

「関係あるかどうかわからないんですけど、最近は仮設住宅に住んでるお客さんが多いんですね。そこで聞いたのは、仮設って物音がすごく響くらしいんです。それで子供とかが隣の部屋にいるから奥さんとエッチができなくて、セックスレスになっちゃう人が多いみたいなんですよ。だから欲求不満なんで、やって来たっていう話をけっこう聞きました」

「でも、それなら奥さんとラブホに行けばいいんじゃないの？」

「うーん、さすがに男の人から改めて奥さんをラブホに誘うのは恥ずかしいみたいで、うちみたいなところを利用するんだって話してましたね。で、どうせ遊ぶんならゆっくり楽しみたいから、ロングのコースを選ぶんだって……」

仮設住宅はそれまでに何度も訪ねていたが、たしかにチャコさんが口にするように壁が薄く、両隣の声が筒抜けだという訴えを幾度も耳にした。しかし、まさかそれが風俗店の需要に繋がるとは想像もしていなかった。自分の想像力の貧困さを恥じるとともに、やはり訊いてみなければわからないこともあることを実感した。

そこで私は、ふたたび彼女の精神状態に話を戻す。

「ところで、チャコさんはいまも自律神経失調症の薬って飲んでるの？」

「飲んでますよ。病院にも通ってます。あと、同じような感じで病院に通ってる子って、けっこうまわりにもいますよ」

「やっぱりその子らも症状が出たのは夏頃なのかな？」

「そうですね」

「そっかあ……」

相槌《あいづち》を打ちながら、心のなかで腕組みをした。これからは女の子のＰＴＳＤ（心的外傷後ストレス障害）にも目を向ける必要があるかもしれない。ともあれ、この電話でチャコさんに訊こうと思っていた話に水を向けるべく、私は切り出した。

「そういえばチャコさん、前に取材したとき、妻子を亡くしたお客さんが来たって話をしてたけど、そのお客さんとはそれっきり？」

「いや、あれから四回来てくれました。その人って、ほんと頑張ってる人なんですよ。残されたお子さんを一人で育てていて、ご飯を作ったり、家事をやってるそうなんです。すごく前向きな人なんで、いつも会うたびにすごいなって思いますし、そういう話を聞くと、人間って強いんだなって思いますね」

闘っているのは女の子だけではないのだ。男もまた、苦境を乗り越えようとしている。そのことを知って感嘆した。しかしチャコさんは言う。

「けどね、そういう男の人はごく一部で、つらいことを忘れられなくて、昼間からお酒を飲んでる人とかって、石巻にはけっこういますよ。あと、なにもする気が起きないって、毎日パチンコ屋に入り浸っておカネを遣ってばかりの人もいるし……」

そのことを口にする彼女の声色には、どこか否定的な響きがあった。だが、誰もが強く生きられるわけではない。そういった打ちひしがれた人がみずから立ち上がるまでには、それ相応の時間やきっかけが必要な気がする。

私はチャコさんに話を聞かせてくれた礼を言い、電話を切った。

続いてスズキさんに連絡を取ったが、月刊誌で店名を出すことができないため、新たに取材することについては難しいとの返事だった。そこで、これまでの取材内容を出させてもらうことについてのみ許可を得た。さらに、チャコさんから教えてもらった、両親を亡くして以降も店に出ているユキコさんについては、通常のプレイ代金を支払って取材させてもらうということで話をつけた。

一方で、岩手のシライさんは「ホテル代を負担してくれるならいいですよ」と、前回取材したサオリさんと、その前に取材したアヤさんにふたたび話を聞くことを許してくれた。

なんとか取材のめどが立った私は、二〇一二年の一月下旬になって、まずは雪に覆われた奥州市前沢区へと向かうことにした。

＊

「お久しぶりです」

ホテルの部屋に入ってきたサオリさんは微笑んでいた。体形に変化はなく、細身の躰をピンクと黒のミニのワンピースに包んでいる。約八カ月前の前回とは違い、すでに顔見知りの相手ということで、緊張している様子はない。相変わらず大人っぽい外見に反して、少女のように幼い声だ。

ソファーに座った彼女の前で取材ノートを広げ、私は切り出した。

「前に取材したときから、生活に変化とかってありました？」

「そうですねえ……あ、そういえば私、去年の五月から一関に部屋を借りて住み始めたんですよ」

「それまではたしか気仙沼からバスで通い、週末に帰る以外はお店の待機所に寝泊まりしてたんだよね」

「そうですそうです。まあでも、本格的に働こうと思って、岩手に住むことにしました」

「気仙沼では家族と一緒にいたの？」

「前に取材受けたときは、母方の親戚の家に母と妹と一緒にお世話になってました。二人はいま、気仙沼にある仮設住宅にいます」

そこまでを話すと、顔に被《かぶ》さりそうになるほど長いストレートの茶髪を、両手でまとめて肩の後ろにやった。

「そういえば、いま住んでる一関って、わりと大きな余震が来なかった？」

「来ましたね。いまだに余震は怖いですよ。また大きな地震が来るんじゃないかっていう不安はいつもありますね」

不安という単語を耳にして、サオリさんにはＰＴＳＤのような症状は起きなかったのか尋ねてみることにした。

「私はとくになにか症状が出るってことはなかったですね。ただ、こういう仕事なんで、いつも知り合いに会いませんようにってことばかり考えてます。ホテルに入る前に見ますもん、お客さんの車が岩手ナンバーか宮城ナンバーかって。それで岩手ナンバーだと安心するんです」

なんでも、過去に一度だけ気仙沼市のスナックに勤めていた頃の常連客に会ってしまったことがあるのだそうだ。

「それは震災前だったんですけど、そのときは『お互いにこういう場面で会うのは困るよね』って言ってくれて、チェンジしてもらいました。この仕事をやるなら、そういうリスクはつきものだとは思うんですけど、やっぱり現実になるとつらいですね」

「それでも風俗での仕事をやめないのって、やっぱりおカネのため？」

サオリさんは大きな目をこちらに向けて、はっきりと頷いた。

「私にとってこの仕事は、正直なところおカネ次第だと思います。もともとは前にやってたスナックの仕事で、自暴自棄になることがあって始めたわけですけど、いったんこの世界に足を踏み入れたのなら、それなりのおカネを貯《た》めなきゃっていう思いがあるんですよ。本当は早めに抜けたほうがいいんでしょうけど、三、四年は続けなきゃって考えてますね」

そこには、風俗の仕事を中途半端にやめてしまっては、きっかけはどうであれ、いったん貞操をやぶってしまった自分自身に申し訳が立たないというニュアンスが含まれていた。

一瞬、彼女の悲壮な決意に息を呑んでしまった私の気配を察したのか、サオリさんは殊更に明るく言葉を続けた。

「それにね、最近は私も欲張りになってしまって、気仙沼に家を建てて家族と一緒に住みたいって思うようになったんですよ。だからまだガンガン稼いでいかないと……。そういう、けっこう大きい夢があるんです」

「そっか……」

ここで私が重い顔を見せるわけにはいかない。大げさに感動した表情で続けた。

「家かあ、すごいねえ。なかなかできることじゃないよ。話を聞いてるこのオッサンも、サオリさんの爪の垢《あか》を煎じて飲まなきゃダメだね」

「えへへ……」

彼女は照れ臭そうに笑う。

「ところで、サオリさんにとって大きな夢が家だとしたら、小さな夢というのはなに？」

「うーん、まずは資格が取りたい、みたいな。学生時代からネイリストになるのが夢だったんですけど、実現できなかったんですね。だからいまはその資格が取りたいんです。あとは旅行かな。旅行に行きたい」

無邪気な声だ。もし私が目を瞑《つむ》って声だけを聞いていたら、思春期の少女が夢を語る姿を頭に浮かべただろう。

「ネイルサロンをやるとしたら、やっぱり気仙沼でやる？」

「そうですね。いま私って滅多に気仙沼に帰らないじゃないですか。だからたまに気仙沼に帰ったりすると、ああ、やっぱり地元はいいな、ここに帰りたいなって思うんですよね……」

遠い目で故郷を語る彼女の横顔を眩《まぶ》しく見つめた。現実的には、その日が来るにはまだかなりの時間が必要だろう。だからこそ、彼女にはなんとしても夢を叶えてもらいたいと、胸の内で思った。

*

「ご無沙汰してます」

ホテルのドアを開けると、その前に立つアヤさんは小さな声で言った。ひらひらとフリルのついたショートパンツにニーソックスを穿いた彼女は、やや硬い顔で部屋に入ってきた。緊張とは違う種類の表情である。どうやら彼女の不安はいまだに続いているようだ。

以前の取材で彼女は、震災後の仕事がない時期に働ける自分は幸せだと語っていた。しかし一方で、もしまた地震と津波がやって来て自宅が浸水したらどうしようとの不安も口にしていた。その不安の側に針が振れているような、決して晴れやかではない表情なのだ。

「まだ震災の後遺症は残ってます？」

単刀直入に訊いた。

「震災について思い出す頻度は減ったんですけど、強めの余震とかが来ると、いつもあの日のことがフラッシュバックで蘇っちゃうんですよね。また大きい地震が来んのかな、とかって……。あと、東京にもいつか地震が来るって言われてるじゃないですか。けど、もし東京に大きな地震が来たら、それはそれで困るって思うんですね。たぶん全国の人の関心はそっちに行っちゃうだろうし、そうなったらうちらのことは完全に放っておかれるんじゃないかって……」

立て板に水の流れから、アヤさんの、誰かに話を聞いてもらいたいとの意思が伝わってくる。私は口にした。

「そういえば石巻の自宅は浸水でやられたって話してたけど、いまは？」

「家は去年の秋口に修繕したんですね。だから前みたいに単純に浸水が怖いっていうのはなくなりました。ただ、それとは矛盾するかもしれないんですけど、今度は浸水程度じゃなくて、ガーッとふつうに津波がやって来るんじゃないかって思うようになったんです……っていうのは、地震で地盤が下がっていて、大潮とかのときの水位がいままでとは違うんですよ。だから、店に出られる日と、そうじゃない日の両方で津波のことを心配して、ハラハラしちゃうんです」

つまりは精神の逃げ場がないということになってしまう。そんな状況で大丈夫なのだろうか。私は腕組みをして「うーん、それは困ったねえ」と、彼女と一緒に困った。

「じつは私、七月下旬から九月下旬くらいまで、お店を休んでたんですよ……」

黙ってしまった私を気にしてか、アヤさんから口を開いた。

「なんか五月の終わり頃から、人がいっぱいいる場所に行くと息苦しくなったりというのがあったんですね。あと、車の運転中にめまいがしたり、いきなり涙が出てきて止まらなくなったりもしてたんです。それである日、夫に『なんか変だ』って言われたんですよ。私がテレビの前でなにもせずにボーッとしていたらしいんです。放心状態みたいな感じだったたって……」

すぐにＰＴＳＤの症状だとわかった。石巻のチャコさんと同じく、彼女にも震災の影響が出ているようだ。私はただ頷く。

「それで過呼吸になったりとかもしたんで、七月中旬に心療内科に行ったんですよ。そうしたら震災後のストレス症候群だって言われたんです。いま、同じような症状の人がすごく多いんだって聞きました。そこで薬を出してもらって、それはいまも飲んでます」

彼女の神経を波立たせないよう、私はできるだけ抑揚を抑えて質問した。

「九月下旬から店に出ることができたって話だけど、それはどうやって克服したの？」

「お医者さんに、さすがに風俗で働いてるとは言えなかったんで、接客業をやっていると説明して、新しい仕事を探そうと思っているって話したんですね。そうしたら、いきなり知らない世界に行くよりも、慣れた環境のほうが徐々に自分のペースを取り戻せるんじゃないかって言われたんです。それで二カ月ぶりに仕事に復帰したんですけど、風俗って一対一の仕事だから人ごみに行く必要ないし、まったく平気だったんですね。そうした環境のなかで人と接していくうちに、人ごみについても大丈夫になっていったんです」

とはいえ、いまだに避けているものがあるのだという。

「だいぶ良くなったとはいえ、津波の映像とかはいまだに見ることができないんですよ。あの日のことを思い出してしまうんで、ニュースを見る勇気がないんです。だから震災の日からは、ほとんどテレビのニュースを見ないようにしていますね」

アヤさんのなかでは、いまだに震災のときに味わった恐怖が続いているのだ。彼女は自嘲気味に口にした。

「なんか、なにも進まないまま、あっという間に一年が過ぎた気がするんですよね。時間だけが経って、自分のなかではなに一つ結果が出ないまま、みたいな……」

私は思わず言葉を挟んだ。

「まあ、あんなに大きな災害だったんだから、しょうがないって。ここは焦らずに、自

分にできることを少しずつ積み重ねていったほうがいいんじゃないかなあ。ね、だから
そんなに自分を責めることはないと思うよ」

つい年長者としての助言をしてしまう。それほどまでに、わずかな力がかかると崩れてしまいそうな脆《もろ》さを感じた。

「はい、わかりました。頑張ってみます」

「いやいや、頑張らなくていいから。できる範囲でゆっくりと、ね」

慌ててとりなした。

「はい。なんかね、去年なんかは仕事でお客さんと会うでしょ。そうしたら必ず会話のスタートが『どこの人？』っていう質問からだったんです。それから震災のときの話になってしまうでしょ。それでけっこう参っちゃったんですよね」

はたして、彼女の不安が晴れる日は来るのだろうか。最初に会ったときよりは、少しばかり柔らかくなった表情に目をやりながら、その疑問を呑み込んだ。

＊

前沢での取材を終えた私は、雪道を慎重に運転しながら石巻市を目指した。南下を続け、さらに太平洋岸に向かうにしたがって雪は薄くなっていき、石巻市に着いたときに

は、日陰のところどころに白い部分が残っている程度だった。

今夜はこの地に宿を取り、明日初めてユキコさんの取材をすることになっていた私は、夜の街に出た。まずは馴染みの焼き鳥屋に顔を出したところ、そこで以前から何度も杯《さかずき》を交わしたことのあるナカムラさんという六十代前半の常連客と再会した。

「おう、ちゃんと取材してるか？」

気軽に話しかけてきたナカムラさんは、町の名士であり、年齢よりも若く見え、なにより健啖家《けんたんか》である。焼き鳥屋での酒はそこそこに、すぐに次の店に誘われた。

一緒に飲み始めてから二時間くらい経ったときのことだ。いまさらながら、今回はなんの取材でやって来たのかという話になった。

「じつは今回、被災地の風俗嬢の取材でやって来たんですよ……」

それから私は、これまでに出会った女の子たちの話をし、やって来た客たちにもいろんな事情があるということを口にした。そしてできることならば、長い話としてまとまったかたちにしたいのだと伝えた。

杯を口に運ぼうとした手が止まり、ナカムラさんはこちらに目を向けた。

「なあ、いまはそんなつまんないこと取材するよりも、もっとほかにやるべき大事なことがあるんじゃねえか」

口調は酔ってはいるが、彼はきっぱりと否定した。

「風俗なんて取材したって、仕方ねぇべ。こういう時期なんだから、もっと社会の、被災地のためになることを取材してくれっちゃ。俺らがいま取材してほしいのは、そっちのほうなんだからよお」

たしかにその通りかもしれないことを認めたうえで、まず、それぞれの書き手には、それぞれの役割があることを説明した。さらに現在の取材については、僭越《せんえつ》ながらこの分野が得意な私が記録として残しておかないと、誰も記録に残さない可能性があることをやんわりと説明した。

「ふーん、そんなもんかねえ」

ナカムラさんは大人である。賛成はしてはいないが、それ以上私を責めるようなことはなかった。以降はふつうに飲んで、ふつうに別れた。

だが店からホテルへの帰り道、しんとした通りを歩きながら、私の耳には彼の言葉がこびりついて離れなかった。何度も何度も蘇った。

自分がやろうとしていることは、被災した人々の心を逆撫《さかな》でするようなことなのかもしれない……。

震災の記憶がいまだに生々しいこの時期に、性風俗を取材するということは、不遜な行為なのではないかとの思いがふたたび頭をよぎった。不安が澱《おり》のように胃の腑《ふ》に重く沈殿していく。

翌日、石巻市内のラブホテルでユキコさんと初めて顔を合わせた。彼女との出会いが、私の不安を取り除き、逆にそれ以降の長きにわたって取材を続ける原動力になるとは、そのときは想像すらしていなかった。

第五章　両親を亡くした風俗嬢

ドアベルが鳴った。

石巻市内のラブホテルに一人でチェックインし、室内のソファーに座っていた私は、慌てて扉に駆け寄る。

ただ取材するだけなのだが、軽い緊張を覚えていた。それは通常のプレイ代金を支払い、女の子の時間を〝買う〟ということに関係しているからかもしれない。一般客であればほぼ全員が、買った時間を使い、彼女の性的サービスを受けるのだ。その場合、扉を開ける直前まで見知らぬ相手の容姿を想像し、実際に目にして、歓喜もしくは落胆する。

前回の取材でチャコさんから、これから会う彼女を取り巻く事情について、簡単な説明を受けてはいたが、外見については、店のホームページにある顔にモザイクがかかっている姿しか知らない。その点では一般客と同じ条件だった。

どんな女性だろう……。

プレイに至らないことを知っているにもかかわらず、そんな気持ちで扉を開けた。

「こんにちは、ユキコです。今日はよろしくお願いします」

落ち着いた声で言い、丁寧に頭を下げたユキコさんは、想像していたよりも小柄な女性だった。四十四歳という年齢よりも若い見た目の彼女は、和風顔の美人だと思った。透けるような白い肌で、切れ長の目に高くはないが通った鼻筋、少し上がった口角。服装は黒いワンピースにブーツという姿だったが、これがもし着物姿で髪をアップにしていたら、美人演歌歌手というイメージだ。

私は扉に手をかけ、玄関内に彼女を招き入れながら口にする。

「はじめまして、ライターの小野です。今日はお店から話を聞いてると思うんですが、インタビューをさせていただこうと思ってます。あ、もちろんプレイ代金はお支払いしますので……」

「はい。聞いてます。大丈夫ですよ」

少しトーンが低めの穏やかな口調で言葉を返すと、ユキコさんはブーツを脱いでスリッパに履き替えて部屋に入ってきた。黒いストッキング越しに艶《なま》めかしい脚がのぞく。

ソファーに座ったユキコさんに私が百二十分相当のプレイ代金を手渡すと、彼女はそれを財布に入れずにテーブルの上に置き、店に料金を受け取った旨の電話を入れた。

事前にオーナーのスズキさんから聞いていたのは、ユキコさんが両親を津波で亡くしたということ。それから、店に復帰した段階では母親の遺体の身元確認が取れていなかったことくらいだ。いったいどのような話に展開していくのだろうか……。

そっと彼女のほうに視線を送る。すると偶然こちらに向けた目と目が合った。揺らぎのない、多少のことでは動じないといった種類の落ち着いた光を保つ目だった。意を決して質問を口にした。

「ユキコさんは津波でご両親を失われたと聞きました。それから風俗に復帰されたと……」

「はい。父の遺体は翌日には見つかったんですけど、母はずっとわからなくて、DNA鑑定で本人だとわかったのは八月末でした」

静かな口調で言葉が返ってきた。私は続ける。

「お店に復帰したのは……」

「(二〇一一年)五月二十八日からです。その一カ月前から復帰しようと考えるようになって、お客様の前に出ても恥ずかしくないように、ダイエットをして体形を整えようとしたんですね。そうしたら時間がかかってしまったんです」

ダイエットという、予想もしていなかった単語に少々戸惑う。

「復帰した時期には、お母様のご遺体は発見されていなかったんですよね」

「四月の後半には、母ではないかという遺体が海上で見つかっていました。でも、損傷がひどいうえに、当時はそういう人が多かったからＤＮＡ鑑定がすぐにできず、八月までかかってしまったんです」

ユキコさんはとくに表情を変えることなく口を開いた。

以前、チャコさんはユキコさんについて私に、「人妻さんが（昨年）夏から復帰している」と話していたが、それは彼女の誤解だったことがわかった。夏というのは、ユキコさんの母親の遺体確認の時期で、彼女はそれよりも前に復帰していたのである。

ユキコさんからそこまでを聞いた私は、「両親を亡くすという状況で、風俗への復帰に踏み切ったのは、どういう理由からですか」と口にしたかった。しかし、ストレートに尋ねていいものかどうか逡巡してしまい、つい言葉に詰まってしまった。

私の煮え切らない態度から質問を察したユキコさんは、「その時期に復帰を考えたのは……」とみずから口にして、躰を前に乗り出した。そして続ける。

「それまで、父の遺体が見つかって葬儀の準備だとか、泥だらけになった家の後片づけ、あと母の遺体を捜して遺体安置所まわりというのをずっと続けてきたんですね。そういうことに忙殺されていたから、気を紛らわすことができていたんです。けれどそれもある程度落ち着いて、夫は仕事に、子供たちは学校に行くようになると、家に私一人がいることになり、鬱のような状態になってしまったんです。そんなとき、私がよくお邪魔していたショップの女性店長に相談したら、『もう四十九日も過ぎたんだから、家にこもって悲しみに立ち止まらず、仕事に出るようにして前に進まないといけないんだよ』と諭されたんです。それで、このままではいけないと思って、仕事に出ることにしたんです」

私は簡潔に「それで久しぶりに店に出てみてどうでした？」と尋ねた。

「本当に、仕事には癒やされました」

「癒やされた、ですか？」

思わず問い返していた。

「そうです。復帰する前に、お店のホームページにあるブログ欄に自分の境遇を書いていたんですけど、その結果、来店したお客さんから慰めの言葉や優しい言葉をかけてもらえたんですね。それに、お店に出たことによって、お客さんのなかには私どころではない、壮絶な体験をした人がいっぱいいることを知りました。そのことで私も、これしきのことで負けてはいられないと思って、一からやり直していけるという気持ちになれたんです」

「あの、壮絶な体験とは……」

「ん、それは、奥さんとか子供、両親を亡くした人とか……。そういう人、もうほんと、いろんな人がいるんです……」

初めてユキコさんの表情が曇った。この場で深追いすることは避け、話題を変えることにした。

「そもそも、ユキコさんが風俗での仕事を始めたきっかけってなんだったんですか？」

「長年パートとして勤めていた会社が倒産しちゃったんですね。その後、会社は業務の規模を縮小して再開するにはしたんですけど、雇用調整があって、給料を下げられたうえに、休みが取れなくなってしまったんです。それで新しい仕事を見つけるまでの繋ぎにしようと考えて、やってみることにしたんです」

二〇一〇年十月のことだったという。

「あの、ちなみにユキコさんの家族構成は？」

「はい、会社員の夫と子供が三人います」

「それで風俗には抵抗なかったんですか？」

「そうですね。やってみて二、三カ月で慣れました。偏見を持たれる女性の方とかいるかもしれないですけど、けっこうこの仕事って、実際のプレイだけでなく、心の癒やしを求めてくる人って多いんですよ。そういう人のお話を聞いてあげるだけの時間というのもあったりして、帰り際に『癒やされました』って言われたりするんですね。で、やりがいを感じるようになったんです。それから私、じつは夫とは離婚したいと思ってるんですよ」

「えっ？」

大胆な言葉がさらりと出てきたため、絶句してしまう。彼女は続ける。

「実際、夫婦生活もありませんし、夫に対する愛情もありません。ただ、子供に対して悪いなって思うくらいで……」

「すみません。そうなった理由ってお尋ねしてもいいですか？」

間髪《い》を容れず「いいですよ」との言葉が返ってきた。

「震災より何年か前のことなんですけど、夫が仕事の都合で単身赴任をしていた時期があるんですよ。そのときから給与明細を見せてくれなくなったんですね。で、途中から夫の口座から引き落とされている我が家の光熱費が、残高が足りずに滞納した状態になっていたり、カードで支払う車のガソリン代が引き落とされなかったりして……。それで理由を尋ねたら『ん？　どうしたんだろうね』ってとぼけられたりしました。夫はもう単身赴任先から帰ってきて家にいたんですけど、私が問い詰めたら、借金をこさえていたことがわかったんです。ただ、なにに遣ったかとかは、はっきり言わないんですよ」

私は無言で頷く。

「それについてはその後いくら尋ねても、『言えない』の一点張りなんです。そうなってくると、相手への信頼って薄れるじゃないですか……。ただまあ、そうなったことは仕方ない。現実に三人の子供の養育費の問題とかもあるから、パートをやめていた私は、夫にいまの仕事をやるからって話したんですよ」

「いまのって、風俗ですか？」

「そうです。そうしたら、『ダメ』って言わなかったんです。稼いで助けてほしかったんでしょうね。そういうやり取りがあって、風俗で働くことにしたんです」

尋ねにくい内容ではあるが、思い切って口にした。

「ちなみにユキコさんは、なんでそもそも自分から風俗って職業を選択したんですか？」

「あはっ」と恥ずかしそうに笑うと、彼女はちょっと声を潜めて言った。

「あのね、私、ちょっと〝遊び人〟なんで……うふふ、なんて言ったらいいんだろ……」

「自分で〝遊び人〟とまで言うというのは、なにかよっぽどの理由があるわけですよね」

「これは夫の単身赴任を境になんですけど、当然、夫婦生活がなくなるわけですよね。それ以来、たまに帰宅してきて求められても、夫とのエッチを受け入れられなくなってしまったんですよ。悪くいえば生理的に無理、みたいな感じで……」

私はこれまでの話の流れで、あることを予想していた。それを質問に織り込む。

「ちなみにそうなったとき、ユキコさんは別にエッチする相手というのは……」

「えへへ、いました」

やっぱり、と胸の内で納得する。彼女は続けた。

「ただ、その人より前にもそういう相手はいました。夫が単身赴任してすぐに、たまたま昔付き合っていた彼から連絡があって、で、焼けぼっくいに火がついたじゃないけど、たまに、子供が寝静まったときにちょっと来て、という感じで……。ただ私も、そういうことは子供に見せたくなかったから……」

「ということは外出して？」

「いや、家で」

ユキコさんは言いにくそうである。だが、みずから言葉を継ぎ足した。

「下で子供を寝かせて、二階で」

「そのとき、いちばん上の子っていくつくらいでした？」

「うーんとねえ、六歳」

まわりには誰もいないが、彼女は小声で絞り出す。ここまで話を聞いてしまったのだ。これは当然踏み込んだほうがいいだろう。

「ちなみに、その相手の方とは再会してすぐに肉体関係になったんですか？」

「そうですね」

「最初から家で？」

「連絡を取って、私は夫が単身赴任だと伝えたんですね。それで相手は当時独身だったから、『久しぶりに会いたいよ』と言ってきたんです。だけど私には小さい子供がいたでしょ。『私、子供いるから外に出れないよ』ってなって、『なんか美味しいもん作ったげるから、(うちに)来たら』って……。それで向こうが夜の十時とか十一時にやって来て、そういうふうになっちゃって、朝に帰っていった、みたいな……」

「朝って、子供たちが起きる前?」

「そう」

ユキコさんはバツの悪い表情で頷いた。私は質問を続ける。

「あの、どれくらいの割合で会ってました?」

「最初の頃は毎日来てましたね」

相手の男にとっては、それがなんとも刺激の強い密会だろうことは容易に想像がつく。夫が単身赴任中の人妻の家に、小さな子供が寝入った時間を見計らっては夜な夜な訪れ、夫婦が使っている寝室で欲望のままに求め合うのだ。

ただの性行為ではない。そこにインモラルな興奮がスパイスとして加わる。それは男だけでなく、女にとっても同じだろう。

「やっぱりユキコさんもそのスリルに興奮したんじゃないですか?」

「興奮は……あっ……たと思いますね。やっぱり同じ人だけだと飽きるというか、夫にはそれを感じていたから。結婚しているから、本当は我慢しなきゃいけないことなんだろうけど、私はそれができなかったんですよね。ただ、そのときはスリルを感じてたんですけど、ずいぶんあとになって考えると、怖いことをしてたなって思いました。もし子供が起きて部屋にやって来たら言い訳できないですからね。それに子供って正直だから、隠さずに誰かに言っちゃうだろうし……」

「その元彼氏というのは、いくつぐらいの人なんですか？」

「同い年です。高校時代の彼氏なんで」

「その人の仕事は？」

「郵便局」

「結局、その人とはどれくらい続いたんですか？」

「夫が単身赴任から帰ってくるちょっと前だったから、一年くらいですかね。その人は独身だったんですけど、付き合ってる年下の彼女がいたんですね。で、私が既婚者という関係だったから……。ただ、向こうは私が夫と子供を捨てて来てくれるなら、自分も彼女と別れて一緒になりたいって話してたんですけど、私はさすがに子供を手放す気にはなれなかったんで、別れることにしたんです」

ふつう、いくら取材とはいえ、初めて会った相手にここまで赤裸々な内容を話してくれることは滅多にない。ならば続けて彼女のこれまでの男性遍歴についても聞いたほうがいいと考えた私は、流れを変えずに話を続けることにした。

「その元カレと別れたとはいえ、ご主人が帰ってきても、夫婦生活が復活したわけではないんですよね」

「あっても、たまーにですね。もうほんと、たまーに受け入れるくらいで、十回言ってきたら、五回以上は『疲れてるから』って拒んでました」

ご主人が単身赴任から戻ってきたとき、ユキコさんは三十一歳だったという。私は疑問を口にした。

「元カレだった人と別れてから、風俗の仕事のきっかけとなる男性と出会ったんですか？」

「いや、その人とはまだ出会ってないですね」

ユキコさんは照れたような笑みを浮かべる。

「当時、夫がおカネをあまり家に入れてくれないから、食品工場で働いてた時期があるんですね。そのときに会社の同僚とそういう関係になりました。同い年の妻子持ちで、同じ団地に住んでる人です。お互いに家庭を壊すつもりはなかったから、あまり深くは踏み込まないようにしていたんですけど、この人とは十年くらい続きました」

彼女はそこまで話すと、「ただ……」と言葉を区切った。

「年数は長いですけど、そんなに頻繁に会ってたわけではないんですよ。それこそ二、三カ月に一度、休みを合わせて平日の昼間にホテルに行くという関係でしたね」

同い年ながら、見た目が若々しく、服装のセンスがよかったという彼と別れることになったきっかけは、ユキコさんの嫉妬にあったという。

「職場に新入社員の女の子が入って、上司だった彼が、彼女ばかりをチヤホヤするようになっちゃったんですね。それが見ていられなかったというか、ああ、そんな人だったんだと思って、会うのをやめたんです」

ときを同じくして、四十歳になっていたユキコさんの前に、さらに新たな男性が現れたのだという。

「向こうから声をかけてきたんですけど、付き合うようになってからは、その子のことをいいなと思うようになってて……。あ、でも結婚しようとかは全然考えてないんですよ」

ユキコさんの口から「その子」という言葉が出たことで、相手が年下であることは容易に想像がついた。

「ちなみにその相手の方はいくつくらいの人なんです？」

「ははっ、若いですよ。会ったとき、向こうは二十代前半でしたから」

彼女は恥ずかしそうに口にした。つまり年齢差は二十歳近くだ。私は質問を続ける。

「ちなみに、どういうきっかけで……」

「ナンパされたんです。ショッピングモールを歩いているときに、いきなり向こうがやって来て、『もろに好みなんです。遊んでもらえませんか』って……。最近そういう若い子、多いみたいですね。お母さんくらい歳の離れた女の人がいいっていう男の子が……」

決して自慢をしている口調ではなく、ユキコさんは淡々と話す。

「それでユキコさんはすんなり受け入れたわけですか？」

「うーん、さすがに迷いますよねえ。でも私、面食いなんですね」

「つまりはハンサムな男性だったと」

「そう思います。けっこうふつうに女の子が振り返るようなタイプです。ショップの店員をやってたんですけど、彼のファンの女の子がいて、よく店にやって来ていました」

世の中がそんなふうになっているとは知らなかった。というか、私の世間が狭いのだろう。ただただ「そうなんですか」と言葉を繋ぐほかなかった。

「付き合うようになってからは、向こうが休みのときにアパートに行ったりしてました。そこで彼が好きな音楽を一緒に聞いたりして、……なんか新鮮だったんですよね。そういう若い人がするような恋愛の時間って経験なかったですから……」

「その彼とはどれくらいの期間、付き合ったんです？」

「半年間です。というのも、彼の実家が××県にあって、そこに帰ることが、あらかじめ決まってたんです。向こうは一緒に来ないかと誘ってくれたんですけど、さすがに子供たちと別れるわけにはいかないし、自分と彼との歳の差もわかってますからね。最初はよくても、いずれ相手の歳に見合った女性が現れて、私は捨てられるだろうと思ったんです。だから、『私は行くわけにはいかないから、向こうでいっぱい勉強して、素敵な相手を見つけてね』って、別れを切り出しました」

「その次に誰かと、っていうのはあったんですか？」

何気なく質問を続けると、ユキコさんは両腕を胸の前で組み、少し間を空けた。

「その彼と別れるときに、泣きそうになるくらい悲しかったんですね。別れたあとも、彼のことを引きずってたんですよ。その寂しさもあって、出会い系に手を出しちゃったんです……」

私は黙って耳を傾ける。

「そのときに出会った人が、仙台にいた人で、じつは私いまＡＦ（アナルファック）ができるんですけど……それを教えてくれた人なんです」

ユキコさんの口から予想もしない単語が出てきたが、驚きを顔に出さないように努めた。ただ平然と「ＡＦをね」と復唱する。そして質問を続けた。

「その人はどういう人だったんです？」

「その彼も二十五歳と若かったんだけど、年齢差のわりに（交際することに）違和感がなかったんです。年齢以上に落ち着いた雰囲気の人で、職業も大手のハウスメーカーに勤めていて……本当は生まれ故郷で学校の先生になりたかったみたいなんだけど、××県から仙台に出てきちゃったっていう人です」

私は気になっていたことを口にした。

「AFって、どういうきっかけで？」

「その彼っていうのが、アナルが大好きな人で、あと、風俗も大好きな人で、それこそソープとかしょっちゅう行ってるみたいな……。で、俺のために（アナルを）拡張させてもらえないかって頼まれて、向こうがそのための道具を持ってきて、二カ月くらいかけて次第に柔らかくして、できるようになったんです」

とくに恥ずかしがる様子もなく、ユキコさんはすらすらと状況を明かした。それはどこか〝突き抜けた〟人の口調だ。彼女は続ける。

「彼と出会ったのが三十代の終わり頃で、AFを経験したのが四十二歳のときだったんですけど、途中から彼が私に『車をぶつけて修理代が必要だからおカネを貸して』とか、なにかと理由をつけて、ちょくちょくおカネを無心するようになってきたんですよ。それがあまりにも重なるから、私もちょっと嫌になってきてたんですね……」

私はそこに割り込んだ。

「たとえば、そういう金銭面での嫌なことがあっても、彼とすぐに別れなかったというのは、セックスがよかったからですか？」

「うーん、いままでにない感じの……」

「どんなふうに違うの？」

「ふつうだったら相手を思いやった優しいセックスじゃないですか。だけど彼の場合は全部命令口調。それでさるぐつわをされたり、全身を縛られたりとか、激しいんです」

「それがよかった、と……」

「最初の頃はそれに興奮してたんですけど、だんだんそれがエスカレートしてきて、苦痛になってきて、最後のほうはもう嫌だって泣いちゃったりとか……」

「それが一年半くらいの期間での変化なんですね。ちなみにＡＦも苦痛だったんですか？」

「最初の頃は痛かったんですけど、すぐになにも痛みを感じなくなりました。それから、ちょっと気持ちよくなってきて、気付いたらイッてしまうくらいになって、失禁しちゃったりとか……。あれは、これまでに経験したことのない種類の快感でした」

そう言い終えてユキコさんは微笑む。過激な言葉は、じつは淡々とした口調で語られることが多い。換気扇の音だけが室内に響く。さらに彼女は、その後の転機について口を開いた。

「じつはその時期、さっき話したと思うんですけど、私が勤めていた会社の経営が怪しくなったんですね。で、それを彼に話したら『お前、ＡＦができるんだったら、風俗で働けるぞ』と勧められたんです。最初は、『私なんかがとんでもない。できないよ。なに言ってんの』って返してたんですけど、『こうやって携帯でホームページが見れる店ってのは、ちゃんと警察の許可を得てやってるんだから。きちんとしたビジネスなんだよ』って。で、私は『エーッ』て、二、三カ月くらい、どうしよどうしよって迷ってたんですね。だけどいよいよ会社がダメになって、どっちにしろ、仕事しないとご飯食べられないんだからって思うようになったんです。そのときに彼が、『じゃあ、俺が調べてやっから』って。それで、『ここいいんじゃない』と言われたのが、いまのお店だったんです」

私は彼女から聞いた話を思い返して訊いた。

「ということは、そのときにご主人に風俗で働いていいかって尋ねたんですか？」

ユキコさんはかぶりを振る。

「最初の面接のときは内緒にしてたんです。で、いざ仕事ができるってなって、本格的に働くという前にダンナに話したんです。そうしたら、ダメって言わないだけじゃなく、『実際いま大変だから、そういう仕事でも働いておカネを入れてくれたら助かる』って言われたんです」

私は息を呑み、頷くと口にした。

「それって、ショックですよねえ」

「まあがっかりしたというか、でも逆にそれで踏ん切りがついたんですよ」

さっぱりとした口調だ。

かくして彼女は四十二歳にして初めて、風俗での仕事に就くことになったのである。

「さっき私がそのときの彼とAFをやってたって話したじゃないですか。それがいまの仕事を始めることに役立ったんですよね。お店の面接のときに私が『AFもできます』って話したら、店長さんから『そういう人は少ないから、ぜひ働いてほしい』って言われましたから」

そこまで話を聞いたところで、喉が乾燥しきっていることに気付いた。私が「なにか飲み物はいかがですか？」と尋ねると、ユキコさんは「それならお茶を入れましょうか」と、女性らしい気遣いを見せる。その申し出を遠慮し、自分用にはミネラルウオーターを、そして彼女にはウーロン茶のペットボトルを冷蔵庫から取り出し、それぞれの前に置いた。

「風俗で働いてみて、いかがでしたか？」

「もう最初は緊張して、手とかブルブル震えてました。女の子の待機所があるんですけど、そこでほかの子にやり方を教えてもらって、じゃあこのタイミングでお湯を入れてとか、あんなサービスしてとか、頭のなかはそれだけでいっぱいでした。最初のお客さんは、海外で材木を買い付ける仕事をしてる人だったんですけど、その人がいい人で、いきなり百二十分のコースで、しかも、次の日には船でスイスに行く予定なのに、『気に入ったから、明日出発の前にもう一回来るわ』って言って、本当に来てくれたんです。彼はいまでも帰国するたびに店に来て、指名してくれてます」

徐々に店でのプレイに慣れてきたユキコさんは、次第に快感を得るようになってきた。と同時に、風俗で働くことを勧めた彼とも会わなくなったという。

「SMっぽいプレイが苦痛だったし、もう会いたくなくなったというか……。それに、お店に勤めてわりと早い時期に、いま付き合ってる彼と出会っちゃったんです」

やはり美人には、次々と出会いが訪れるということなのか。私はある種の感慨を持って彼女に目をやった。

「その人は私より三歳下なんですけど、すごく感じのいい人なんですよ。向こうがお店のお客さんとして来たことがきっかけだったんですけど、『今後もプレイはお店を通じてでいいから、一度食事に行かない』って誘われたんですね。それから外で会うようになって……。彼はすごくレディーファーストだし、紳士なんです。食事とかのおカネも全部向こうが出してくれて、さすがにいつもは悪いから、たまには私に出させてほしいとお願いしても、『こういうのは男が払うもんだから』って。あと、彼の匂いが私の好みっていうか……私って〝匂いフェチ〟なんで。それで、会うことを重ねていくうちに、どんどん好きになっていっちゃったんです」

私は確認しておきたいと思い、尋ねた。

「たとえば、リピーターのお客さんっていますよね。そういう人たちと何度も肌を重ねていくうちに、好きになっちゃうとかっていうことは、よく起きることですか？」

「いや、それはないですね。お店では間におカネが入ってますし、やっぱりあくまでも仕事という気持ちになっちゃいます。あと、いまの彼氏がそうなんですけど、好きな人がいるんで、別にそんな感じにはなりません」

即答、だった。

つまり現在の彼氏との出会いは、例外であるということなのだろう。一方で、家庭内での夫婦関係は冷え切っていたと語る。

「家にあまりおカネを入れないことのほかに、私の保険を単身赴任中に解約して、着服していたことがあとでわかったりとかして、もう悔しくて悔しくてっていうのがあったんです。それで私から『離婚を考えて』って、離婚話を持ち出してたんですよ。もう、口もききたくない、家に帰ってもつまんないって状態だったんですけど、まさにそういうときに地震が起きちゃったんです。で、そんなこと（離婚なんて）言ってる場合じゃないぞってなって、とりあえず実家も大変、両親も大変、生活も大変ってなって……。で、離婚話は置いといてという状態のまま、いまに至ってるんです」

震度六強の地震が発生したとき、ユキコさんは現在の店の待機所にいたそうだ。これまでの話しぶりから、すべてを包み隠さずに話をしてくれると感じた私は、改めて二〇一一年三月十一日に、彼女のまわりで起きたことについて振り返ってもらうことにした。そこには、私の想像をはるかに超えた、信じ難い話がちりばめられていた。

第六章　癒やしを求める男たち

「あの日、地震が起きたときは、いちばん下の娘は学校が春休みで家にいて、お姉ちゃんは近くの勤め先。で、お兄ちゃんはたまたまその日の仕事がオフだったんで、家にいたんです。ほんとにもうたまたまでした。私は石巻市内のマンションにあるお店の待機所にいたんですけど、すごい揺れで、室内は足の踏み場もないくらいぐちゃぐちゃになってました。女の子が六人くらいいましたけど、みんな悲鳴を上げて軽いパニック状態でしたね。ただ、揺れが収まるのと同時に、下の娘が電話をくれたんですよ。『お母さん、大丈夫？』って。私が大丈夫なことを伝えると、家でお兄ちゃんと一緒だという話を聞いて、胸を撫で下ろしました」

激烈な地震に襲われた午後二時四十六分の様子について、ユキコさんは振り返る。彼女自身の低いトーンの口調も相まって、冷静な回想であるとの印象を抱いた。

「やがてマンションの管理人さんがやって来て、『危ないから避難してくれ』と言われ、全員が駐車場に集まりました。その時点で電話は通じなくなっていて、私は子供たちのことがとにかく気になっていたから、『帰らせていただきます』って店のスタッフに申し出ると、お店もこんな状態では営業できないから、『いいよいいよ、帰んな』って言われて、午後三時頃には車を運転して自宅に向かいました」

私は気になったことを質問した。

「そのマンションに津波は？」

「あとで来ました。そこは川からわりと近い場所にあったんで、川沿いに上ってきた津波がやって来たそうです」

石巻市の沿岸部である鮎川《あゆかわ》港で午後三時二十六分に最大波が計測された津波は、そこよりも内陸部にあたる門脇地区に、同三時四十分から五十分にかけて到達していた。ユキコさんが移動を始めてから四、五十分後の出来事だ。私は質問を続ける。

「渋滞してました？」

「いや、もうひどかったですね。普段なら二十分から二十五分のところが、二時間半かかりました。ただ、うちに帰るにはいくつかのルートがあるんですけど、私がなにも考えずに前の車についていくようにして行ったルートは、津波が到達しなかった道なんですよ。もし別ルートを選んでいたら、道が寸断されて危うく帰れないところでした」

当時、ユキコさんの長男は二十一歳。長女は十九歳で、次女は十七歳だった。彼女が午後五時半頃に自宅に戻ると、長女も戻ってきており、子供三人と無事に対面できた。

また、高台にある一戸建ての家屋は津波の心配もなく、室内の被害も少なかったという。

「揺れが大きかったわりには、家具とかもほとんど倒れてなかったんです。二階のたんすの扉が全部開いていた以外は、テレビも倒れてなかったですし……」

「あの、ちなみにご主人との連絡は？」

夫の状況について尋ねると、ユキコさんはことともなげに言った。

「さすがに社名は内緒ですけど、うちのお父さん（夫）は、こういう災害があると、すぐには帰ってはこれない業種の会社だったので、とくに気にすることはありませんでした。で、私が自宅に戻る途中に、メールだけは通じたみたいで、何回か連絡が来たんです。『大丈夫か？』って。それからやり取りして、『俺も大丈夫。子供とも無事に連絡が取れた』とのメールも来たんで……」

それまで「夫」や「ダンナ」と言っていた彼女の口から「うちのお父さん」という言葉が出てきた。夫婦間ではなく、家族全体の話になったことで、そのような言い回しになったのだろうと理解した。彼女の両親が亡くなっていることを知る私は遠慮がちに切り出す。

「あの、それで実家へは？」

「その日の夜に一度向かったんですよ。おじいちゃん、おばあちゃんと連絡が取れないということで、夜九時ぐらいに。子供たち全員を車に乗せて、真っ暗ななかを……。

避難所うんぬんよりも、実家を見に行こう、と。ただ、防災無線では『(津波が) 国道四十五号線を越えてるから近づかないでください』と流れてて、それはわかってましたけど、私は津波を見ていないから、どれくらい悲惨な状況か見当もつかなくて、でも、なんとか行きたいという安易な考えで……。ところが、JRの踏切を越えたところで、ここまで津波が来たんだっていう瓦礫が散乱してて、その先は冠水してるから、諦めて引き返しました。情報を得るために車内ではラジオをつけてたんですけど、仙台の荒浜《あらはま》でこれこれの数の遺体が上がったとかって、ずっと放送してるじゃないですか。ええっ、そんなにひどいのって……。もう、なんでなんで、そんなことが起きてるのって……」

奇《く》しくもユキコさんは、地震の二日前である三月九日に子供たちを連れて実家に立ち寄ったばかりだったという。

「それまで何カ月も訪ねてなかったのに、なぜだか今夜じゃないとダメなような気がして、子供たち全員と一緒に行き、両親と会ってたんです。それが最後になるなんて、想像もしていませんでした」

その夜は自宅の茶の間に布団を持ち込み、母子一緒に床についた。しかし……。

「余震が続くし、両親のことは気になるしで、私は寝付けなくて、朝方になって日が昇ると同時に、一人で実家に向かったんです。そのときは冠水してた場所の水も引いていて、いろんな人が道を歩いてたんですね。何カ所も瓦礫が道を塞いでる箇所がありましたけど、それをなんとか避けて、実家のある（住宅）団地の入口にまでたどり着いたんですね。でもそこから先は、下水の蓋が全部外れてて、とてもじゃないですけど、車では入れないいんですよ。それで歩いていったら、実家が大変な状態になってて……。建物は一応残ってるんですけど、玄関のドアはなくなってるし、敷地の外から見たら、庭に泥が堆積してて、ふつうの靴ではとても入れない。で、家の壁には一波、二波、三波って、何回津波が来たのかわかるような痕が、くっきりとついていました」

一人ではどうすることもできないと感じたユキコさんは、ふたたび車へと引き返し、いったん自宅に戻ったそうだ。

「子供たちに実家が大変なことになってるって話して、車に乗せてもう一回行きました。そのときは実家の前まで車で行けて、だけど泥だらけで降りられないから、車の窓を開けて『おじいちゃん、おばあちゃん』って叫んだんですね。けど、反応はありませんでした。実家の車がなかったんで、とりあえず避難所に行ってみようかって話してたら、途中で姪《めい》っ子に会ったんですよ。そうしたら、彼女の母が――両親と一緒に暮らす私の姉なんですが、うち（自宅）に向かったはずだと言われ、それでまた家に戻ったんです。玄関先で待っていた姉と再会しましたが、全身が泥だらけなんで、すぐに着替えを用意し、今度は姉だけを車に乗せて『避難所に行ってみっぺ』となりました。姉も地震のときは職場にいて、両親がどうなったのかはまったくわからない状況でした」

ユキコさんの話を聞きながら、被災地の取材で私の鼻腔《びこう》を通り抜けた、油や磯の臭いが混じる泥の記憶が蘇る。ただの土臭い泥ではなく、あらゆる生活臭が撹拌《かくはん》されてできた、ドブのような臭いだ。

「で、避難所に行くと、実家のご近所さんはいるんですよ。だけどうちの両親について尋ねると、『あんたらのおじいちゃん、おばあちゃん、ここにはいないよ』って言われて……。えーっ、どこさ行ったんだろうって。姉と私は、おばあちゃんの実家がある『大崎《おおさき》（宮城県）さ逃げたんだろうか』、『いや、けどそれなら、まだ近いとこにあるうちに来るでしょ』というようなやり取りをしていました」

私は彼女からすでに聞いていた話を思い返して言う。

「たしか、お父さんのご遺体はその日、つまり震災の翌日に見つかったんですよね」

「翌日には見つかっていたんですけど、私たちがそれを知るのは三日目なんです。連絡はつかないけど、どこかに逃げて生きてると思い込んでたから、遺体安置所には行かず、避難所ばかりを捜してたんです。そしたら三日目に、実家の近所の消防団の人が、電話が使えないから、わざわざうちまで訪ねてきてくれて、『なんか（父に）似たような遺体が見つかったらしいぞ』って教えてくれたんです。で、『悪いこと言わねっから、××の体育館に行ってみろ』って。もう、『えーっ』てショックですよね。ところが、実際に見に行ったら、その遺体はうちの父じゃなかったんです」

だが、結果的にはその勘違いが、父親の遺体の発見に繋がることになる。

「とりあえず何体か見てみようとなって、遺体のリストに発見された日にちと場所、何十歳くらいというだいたいの年齢や身長とか、いろんなことが書いてありますよね。実家の近くで見つかった六十歳から七十歳くらいの男性の番号を挙げ、『何番と何番と何番を見せてください』って。それで受付を済ませて安置所のなかに入ったら……」

そこから、ユキコさんは驚きを表現するかのように声を大きくした。

「いちばんはじめに見た遺体が、父だったんです。もうほんと、見せてほしいとお願いしたなかでいちばん若い番号が父で、驚いてしまって……」

涙の対面を果たしたものの、それからの問題が山積みだったと語る。

「遺体が父だとわかっても、しばらくは安置所に置かせてもらうしかないし、警察にも身元がわかったということで、いろいろと手続きしなきゃならないんで、悲しみに暮れてる場合じゃなかったんです。役所に死亡届とかも出さなきゃいけないし……。手続きのやり方とかを教わって、これからどうしたらいいのか、と。それで安置所にいる警察の人に相談したら、とりあえずいまは火葬場は無理だと。葬儀屋もいっぱいだし、なんとか自分たちで業者を見つけて、自分たちで火葬できるようにしろと言うんです」

この日初めて、ユキコさんの顔に、憤懣《ふんまん》やるかたないといった表情が生まれる。

「だって腹立ちますよね。燃料もない、遺体を運べる大きなワゴン車も流されてしまってない。そうなったらもう、運び出す手段がないじゃないですか……」

そこで頼りになったのは、彼女の姉がもしもの状況を想定して会員になっていた、菩《ぼ》提寺《だいじ》の互助会だったという。

「そこに相談したら、時間がかかってもいいんなら、業者を探してあげるからって。で、火葬場を見つけてもらって、火葬できる四月上旬まで遺体を安置所に置いてくれるっていうんで、毎日ドライアイスを入れてもらって、預かってもらいました」

私は質問を挟む。

「お父さんを荼毘《だび》に付すときも、まだお母さんのご遺体は見つからなかったんですよね？」

「そうですね。で、近所の人からは、両親が一緒に車に乗って逃げたよということを聞いていたんで、じゃあ車のなかにいるんじゃないかと思ったんですけど、あとで発見された車のなかにはいませんでした。だから母はどっかに流されたのかなって……」

遺体安置所を毎日捜し回っていたユキコさんに電話が入ったのは、震災から間もなく二カ月になろうかという、五月の連休明けのことだった。

「うちから離れたA市（宮城県）の警察から連絡が入って、『四月末にA市の海上沖三十キロメートルで見つかったご夫人の遺体の特徴が、お宅のお母さんの特徴と似ています』と言われたんです。身長が低くて年齢七十歳くらいで、『A市では該当者が現れてないので、もしよかったら見に来てください』って」

　すぐに行くことを伝えると、写真がＦＡＸで送られてきたが、水を吸った水死体は全体が膨らんで原形を留めなくなってしまうため、確認はできなかった。

「翌日にＡ市の遺体安置所に行きました。実物を見ましたが、ずっと海上にいたから、もう、こーんなになってるんですよ」

　ユキコさんは私に向かって、膨らんだ状態が想像できるように両手を広げた。

「姉が気を利かせて、生前の母の顔がアップになった写真を持っていってたら、検視官の方が写真とくらべて鼻や耳の位置を見て、『位置からは間違いないとは思いますが、生前の写真とはまったく異なっているので、どうしますか？』と言われました。遺留品には指輪とかもあったんですね。だけど一緒に暮らしていた姉でさえ、『こんな指輪してたっけ』って、全然憶えてないんです。着ていた服についてもそうだったんですけど、下着についてだけ、姉が洗濯していたから、その特徴が記憶にあるようで、『間違いない感じがする』と言ってました。それで念のために、ＤＮＡ鑑定をしてもらうことになったんです」

　時間が経っていることもあり、この時点で、Ａ市の遺体安置所には計三体の身元不明遺体しか残っていなかったそうだ。

「腐敗が進んでいて、臭いもすごかったんです。それで、このままでは置いておけないということで、『今週中に身元が判明しない遺体は、A市で火葬させてもらいます』と言われ、その際にどうするかを訊かれたんですね。もし万が一、それが母だったら悔いが残るじゃないですか。だから火葬に立ち会わせてくださいってお願いしました。それでうちの親戚にも連絡を入れて、みんな来てくれて、火葬に立ち会ったんです」

遺骨は身元が判明するまでA市の寺に安置され、八月半ばにDNA鑑定の結果、母親だと判明したのだった。

「すでに震災から五カ月が経っていました。DNA鑑定はみんな県外に依頼しているんだけども、すごい数で、なかなか追い付かなかったみたいです。ただ、これでやっと母の遺骨を自宅に持ち帰ることができました」

この段階ですでに、ユキコさんはかつて勤めていたデリヘルでの仕事を再開していた。そこでの話を聞こうとしたところ、彼女に店から電話が入り、私の支払った金額分の持ち時間が終了してしまったのである。

復帰してからの仕事について、客の様子、さらにはご主人との関係の変化など、尋ねたいことは山ほどあった。だが、それはまた改めて取材の機会を作り、その際に聞かせていただくことを告げて、これから次の客のもとへと向かう彼女と別れた。

迎えに来た車に乗ったユキコさんが立ち去るのを見送ると、私は部屋に戻ってさっきまでの取材ノートを確認した。換気扇がブンブンと音を立てる室内で、ここまで自分のことについて詳細に語ってくれる女性がいなかったことに、改めて思いを馳せた。

実際、風俗という職業柄、こうしたケースは非常に珍しいのである。彼女からより多くの話を聞くためにも、どうにかして取材できる媒体を探す必要があった。

＊

その後、二〇一二年三月と一三年三月にユキコさんの取材をする機会があったが、その現場ではグラビア撮影が中心となり、時間の制約がよりシビアなうえに、質問事項もある程度、決まっていた。

新しく耳にしたことは、彼女は小学生の頃は目立たないタイプで、瞳の色が淡いため、「外人」と言われていじめられたことがあるということと、中学、高校と器械体操部に所属し、高校時代は部長だったということ。また、初体験は高校時代で、対外試合で知り合った他校の一学年上の先輩だという話。

さらにもう一つ、予想もしていなかった話題が出てきた。ユキコさんの長女は、彼女のデリヘル勤めについて知っているというのである。撮影中に彼女の口からその話がこぼれ出たときは、私のほうが「ええっ」と驚きの声を上げた。

「お姉ちゃんはさすがに女の子だけあって、私の変化に気が付いたんですよ。私が一〇年十月に風俗の仕事をやり始めてすぐです。向こうはまだ高校生でしたね」

どんな変化があったのかと尋ねた私に対し、彼女は言う。

「やっぱり服装が派手になったからとか、そういうことでしょうね。前の会社をやめたのにどこ行くのって聞かれて、最初は私も嘘《うそ》ついて『カラオケボックスの受付やってんだよ、パートで』って言ってたんですね。そうしたらだんだん、おかしい、おかしいってなって、ある日突然、『お母さん、もしかしてデリやってない？』と言われて、『うーん』となって、認めたんですね。で、『嘘つきたくないから正直に言うね。ごめんね、こんなお母さんで』って謝ったんですよ。そうしたら『ううん、別に嫌じゃないよ。だからって軽蔑しないから。いいんじゃない』って。それでお姉ちゃんには全部話しました。お父さんがおカネを入れなくなったこと。私に彼氏がいること。あと、お父さんが私の風俗について知ってることについても……。そのうえで、『でも、お姉ちゃんにとってお父さんはお父さんだから、一応教えるけども、お父さんを軽蔑とかはしないでふつうにしてて。お母さんも最初は離婚とか考えてたけど、踏み止《とど》まったから』って。まあ、それに続けて『でも、(最終的には) わかんないけどね』とは付け加えましたけどね……」

実際、ユキコさんは震災の二カ月前にあたる一一年一月に、ご主人には次のように宣言していた。

「その頃、向こうから『(離婚について)考え直せない?』と言われたんですね。そこで私は『いまは無理。私は子供を悲しませたくないから、いますぐにでも離婚したいけど我慢する。けど、そのあと子供たちが成人してからはわかんないよ』って返したんです。そうしたら夫は、『わかった。離婚するかもしれない覚悟で俺も生活する』と答えてました」

つまり、離婚の話を取り下げるよう申し入れてきた夫に対して、彼女は子供の成人後には離婚も辞さないとの意思を伝えていたというのだ。

取材者である私に、そのように当時の夫婦間の状況について赤裸々な説明をしてくれたユキコさんではあるが、自身の長男に対しては、風俗勤めのことは当然ながら、水面下で夫と離婚話があったことについても、「さすがになにも言えない」と締めくくった。

＊

一三年十一月、ようやくユキコさんに余裕を持って話を聞く機会に恵まれた。八カ月前に顔を合わせたが、時間をかけてのインタビューは一年十カ月ぶりになる。待ち合わせたのは最初の取材と同じラブホテル。前回のグラビア撮影でも使用しているため、ある意味、慣れた場所ともいえる。

それは彼女に対しても同様で、取材に入るための前置きは省き、挨拶をして座ると、「今日は震災後に復帰してからの仕事について伺いますね」と、単刀直入に切り出した。目の前のユキコさんの服装は、彼女が好む黒系統のスカートとインナーに、ワインレッドのジャケットだ。時間の経過を無視するかのように、体形を含む外見が変わらないことには感心させられる。

「そういえば、ユキコさんはお店への復帰を考えた一ヵ月くらい前から、ダイエットをして体形を整えたと話してましたよね」

「そうですね。完全に〝震災太り〟だったんですよ。あまり手のかからないカップラーメンとか、カロリーの高いものばかり食べてたから、皮下脂肪がついていて、このまま店に復帰するわけにはいかないと思って、三週間くらいウオーキングとかの運動を続けて、体形を元に戻したんです」

「ちなみに、体重は何キロ落ちたんですか？」

「えーと、八キロですね」

彼女はとくだん身長が高いわけではない。どちらかといえば小柄なほうだ。短期間に八キロもの減量をやり遂げる意志の強さに驚かされた。

「復帰するって決めたからには、いつまでもダラダラしてても仕方がないと思ったんですね。だから最初にお店のホームページ内にあるブログで、五月の最終週には出勤するって宣言しちゃったんですよ。それで目標に向かって躰を絞っていったんです」

いざ復帰、となったときの感想について尋ねた。

「震災前に働いていた五カ月間についていてくれたリピーターさんたちが、みんな心配してくれてたんです。なかには店に直接電話をかけて、『ユキコは生きてんのか？』と問い合わせまでしてくださった人とかもいて、ありがたかったですね。復帰当時に、みんな来てくれました」

「ちなみにそれは、何人くらいですか？」

「うー、わかんない。六十人くらいじゃないですか」

「え、そんなにですか？」

「そうですね。だから連日、指名で忙しかったですもん」

実質五カ月しか働いていない風俗嬢に対して、復帰後に約六十人ものリピーター客が訪れるというのは、この業界ではかなり異例のことである。人気があったということが、はっきりとわかる数字だ。彼女は言う。

「ブログのなかでは、私の両親が津波の犠牲になったことも書いていたので、そのことに対して慰めの言葉をかけてくれる方も多くて、それも励みになりました」

聞きづらい質問ではあるが、思い切って口にした。

「逆に、リピーターさんで犠牲になった方とかもいるんですか？」

「……います。わかったのは一人ですけどね」

ユキコさんは絞り出すように言い、言葉を重ねた。

「亡くなった方もいれば、震災後にずっと仕事が忙しくて、一年くらい経ってやっと店に顔を出せたという方もいます」

「当然、お客さんのなかには、ご家族を津波で亡くされた方というのも、いるわけですよね……」

「それはもう、いっぱい、いますね」

以前インタビューをしたチャコさんなどからも聞いていたが、やはり想像を絶する悲しみと対峙《たいじ》するためには、ときにはやすらぎも必要なのだろう。ユキコさんは続ける。

「奥様や子供を亡くされた方に多いんですが、『自分だけ職場が遠くて助かった』という話をよく聞きます。で、いろいろ切り換えなくちゃって仕事に復帰して、元の生活リズムに戻ったけども、やっぱりこう、いわゆる奥様の肌の温もりって、もう家にはないわけですよね。で、まあ、こういうところに来るのは死んだ女房にはほんとに申し訳ないんだけども、やっぱりこういうところに頼らざるを得ないって……。つらい思いを、一時間でも二時間でも忘れたいと思って来た、と」

私は腕を胸の前で組み、唸《うな》った。

「私が復帰してすぐの六月には、すでにそういう方が見えてましたね。で、その年の秋くらいになると、『ユキコさんのブログ読んだよ。仕事に出てるけど、あんたも大変だったんだ』って来てくれた方もいました。その方も家族を亡くされたと話していました」

「そうしたご家族を亡くされた方って、ユキコさんの記憶ではどれくらいいましたか？」

「憶えてる範囲ですけど、奥様と子供の両方を亡くした方は六人くらい。奥様だけを亡くした方は二人。お子さんを亡くした方はやっぱり六人くらいですかね。あと、お母さんと弟を亡くしたという方もいますし、おじいちゃん、おばあちゃんを亡くした方もいます。もう、けっこういますね。それから、『身内は全員大丈夫だったけど、家は流されてしまって、ないよ』とかいう話も数多く聞いてます」

　胸が締め付けられる。だがその一方で、ここまで彼女が自分の経験したつらい話をしてくれているのだから、しっかりと耳を傾けなければいけないとの思いもあった。そこで私は質問を繰り返す。

「お客さんからそういうつらい話が出てきたとき、ユキコさんはどう対応するんですか？」

「んー、あまりね、頑張れとは言えないじゃないですか。だから話を聞いてあげてね、私もこうだったんだけどって話して、やっぱり無理はしない程度に前に進まなくちゃって……。うちの両親もそっちの奥様も、ふつうの生活に戻ってもらいたいと天国で見てると思うよって。そんなことを言ってます。ほんと、いまだに鬱の症状が出て、薬を手放せない方とかもいますから」

そこまで話すと、彼女は「たとえば……」と言って、例を挙げた。

「老人介護施設に勤務している方なんですけど、自分の家族は無事だったけど、被災した施設で数人しか助けられなかったっていう人がいるんですね。目の前で流されていく寝たきりの老人をどうしようもなかったって。その人はすっごい責任感の強い人で、鬱のようになって、どうしようかと思っているときに、『ユキコさんのブログを読んで、この人なら俺の苦しみがわかるんじゃないかと思って』と、呼んでくれたんですよ」

うん、うん、と頷く私に彼女は話を続ける。

「その人が言ってたんですね。『ユキコさんと会って、自分の溜《た》め込んでたことを吐き出せて、すんごい楽になった』って。けっこう男性って、職場の同僚とか、同じ男性に愚痴《ぐち》をこぼすのを嫌がるんですよ。で、こういう赤の他人の、私みたいな職業の相手にだと、わーっとぶちまけて、『あーっ、すっきりした。ユキコさん頑張ってんなあ、偉いなあ』と言ってくれて、『じゃあさあ、俺も、もうくよくよせずにやる。死んじゃった人は戻ってこないしさ、頑張るよ』って言ってね……。その方もそんな感じで、リピートしてくれてるうちに、だんだん笑顔が戻ってくるようになったんです。そのうち

『会社をやめることにしたんだ』って。『貯金でしばらく遊んでくる』と話して東京に行き、戻ってくるなり、『決めたよ。会社を創ることにした』と。いまは自分で老人介護の会社を興して、従業員を率いて頑張ってますよ」

聞けば、その客は四十代半ばぐらいの年齢だそうだ。ユキコさんは彼の〝再生〟に深く関わったのである。

私は、これまでに出会った客から聞いた話のなかで、もっとも印象に残ったエピソードを尋ねた。彼女は数秒「うーん」と考え込んだが、「あ、」と私に目を向けた。

「三十代後半の人で、たしか地震の日は仙台に出張に行ってたとか言ってましたね。その人は自宅と実家、それに奥様の実家の三軒が近かったの。で、震災後に連絡取れなくて、なんとか車で二日くらいかけて、やっとの思いで帰ってきたんです。息子は高台にある保育園に預けてたから無事で、保護されて避難所に行ってたので再会することができた。ところが、奥様と娘二人、それに自分の両親と奥様の両親をみんな亡くしてしまったんです。奥様が全員をワゴン車に乗せて逃げようとしていて、津波に流されてしまったのだとか。で、うちに来たときに『俺と息子だけになっちゃった』って……」

彼女の話はそこで終わらない。

「自宅も実家も行ったけど悲惨な状態で、自宅に車がなかったからどうしたんだろうと思ってたら、片付けに来ていたご近所さんから、『なんか、いい話じゃないけど、見つかったらしいよ』って聞いて、それで車が流されたところに行ったら、そこはまだ遺体の搬送の手が足りなくて、車にはここに遺体がありますよって印がつけられてるだけで、そのままの状態を目の当たりにしたの……」

　私はただ呆然と話を聞く。その状況を想像することを、脳が拒んでいるのを感じた。

「それで、役所に行って安置所に運んでくれと頼んだけど、手がまわらないって言われたのね。なんとか自分の手で運んだけど、安置所の体育館がいっぱいで、そこには置けず、グラウンドの仮設テントの下に、シートにくるんで置いてたって。そういう状態がしばらく続いて、遺体とはいえ寒いだろうし、可哀想《かわいそう》でたまらなかったって……。もーっ、その人の話を聞いたときは、一緒に泣きましたね。発見されたときの様子が頭に浮かびますからね。私も毎日のように遺体安置所に行ってましたし……」

　ユキコさんは両腕を胸の前で抱えて首を左右に振った。思い切って彼女に問いかける。

「やっぱり、そういうときは一緒に泣いちゃうんですね」

「泣きますね。本人も泣いてるし……。あのね、最初はここ（ソファー）で時間を決めていただいて、お風呂のお湯を溜めるでしょ。その間に、『どちらから？』みたいな会話をしていきますよね。そのときにその人、『いやーっ、独身になっちゃったんだよね』と、最初は明るく振る舞ってたんです。私は私で『あー、そうなんですか』って……。まさかそういう理由で独身になったなんて思わないから。そうして話していたら徐々に『……いやー、ほんとはさあー』ってなってきて、これこれこういうわけで『みんないなくなっちゃったー』って。私も、『えーっ』てなりますよね。その人は自分で会社をやっている人だったんですけど、『人を使ってんだけど、従業員にそういうこと言えないじゃん。一応、肩書きは社長だから』なんて言うんですよね……。で、とりあえず息子がまだ小さいから、『どうしようかな』ってなって、いまは兄弟に相談して、そちらに預けているそうです。そうやっていま働いてるって……」

ユキコさんがその話を聞いたのは、震災から一年ほど経ってからのことだったという。

「ユキコさんはそういう話をいっぱい聞くじゃないですか。自分自身の負担にはならないんですか？」

私の問いかけに、彼女は即答した。

「私はもうね、ちゃんと切り換えられたというか、もちろん、たまに思い出すと、うーんってなるけど、やっぱりこういうところに呼ばれて来ている間は、私がちゃんとしなくちゃっていう意識のほうが強いんですよね」

この取材の時点で、すでに震災から二年八カ月が経っていた。そこで尋ねる。

「ずいぶん時間が経ちましたけど、いまだに震災の話題は出てきますか？」

「うーん、まだ出ますねえ。この前も初めてのお客さんが、『あんだ、どこやあ？』って聞いてきて、それから『地震のとき大丈夫だったか？』という話になりました。思い出したくない人もいるだろうからと思って、こちらからはほとんど話を出さないんですけど、年配の方はそういう話を出してくることが多いですね。あと、年配の方はいろいろ聞きたがる傾向があるんです。その一方で、震災の話はもうしたくないというか、『もう、いいべちゃ』って拒絶する人もいます」

客にもいろんな性格の人がいるため、それに合わせて対応するのだと語る。

「用心して自分のことを全然喋《しゃべ》らない人とかもいるんですよ。でも、そういう人でも、プレイが終わってお風呂に入ったあとで、『あんた、地元？　俺、石巻で、家ねぐなったんだあ』とか語りかけてきて、『おめえんとこは大丈夫だったのか？』って。それで私が『大変だったんですねえ。うちも実家がなくなっちゃったんです』と言うと、『ふーん』って一瞬考えるんです。そして『そっか、実家ねぐなったのか？』って。それで『おとっつあん、おかっつあんは？』と聞かれて、『うーん、波で流されちゃってね』と答えると、『なーんだっけや』みたいなね。みんなそこで、ぶっきらぼうだったのが、がらっと急に優しくなったりするんです」

憐憫《れんびん》の情ではなく、共感の思いなのだろう。それが相手の心を開かせるというのだ。

「地元の人と、他所《よそ》から作業でやって来る人、いまはどっちのお客さんが多いですか？」

「いまはねえ、まだまだ岸壁の工事だとか、瓦礫の撤去が終わってないんですね。そういえば私、昨日のお客さんは全員北海道の方でした。そんな感じで、日曜日には県外の人が多いですね」

この取材は月曜日におこなわれた。そのためそのような話になったが、平日には地元客のほうが多いらしい。

「県外からやって来る人は、期間が決められた急ぎの作業が多いから、平日は休みをもらえないみたいなんですよ。ノルマがあるみたいで、休日の日曜日以外は休めないんです。昨日はたまたま北海道の方々でしたけど、日本全国から作業の人が入ってますね。関西方面の方とかも多いし……」

ここまで話したところで、ユキコさんは、「あ、私お湯沸かしましょうか」と言って立ち上がり、ポットのスイッチを入れた。私がトイレに立って戻ってくると、やがてコーヒーが目の前に置かれた。

「ユキコさんにとって、この仕事はおカネ以外だと、どういう点があるんでしょう？」

コーヒーを啜《すす》りながら訊く。

「やっぱり、癒やされたとか、気分が楽になったとか、そういうことを言われると、すごく嬉しいんですよね。人のためになるというか……。で、それにプラスしておカネがついてくるという……。もう、どんな部分でもいいんですよ。会話が楽しかったとかね。それで『また来るよ』って言ってもらえると、喜びがあるんです」

「いままでほかの仕事にはなかった喜び？」

「そうですね。そこは全然違います。やっぱりこの仕事は一対一で、私だけの頑張りというか、それが実感できるんです。お客さんからは、『俺のタイプだ』とか、それこそ『震災で亡くなった俺の女房に似てんだよ』と言われたこともあります。その方は『やっぱり女房が忘れられなくってさ』と話していて、『あんたと一緒にいると、女房が帰ってきた気になる』と言われました。女房に似てて嫌だ、じゃなくて、女房に似てていいやっていうのは、ありがたいですね。それでその人がひとときでも奥様といる気持ちを味わえるのなら、嬉しいことです」

そのような話が出たことから、私は彼女自身の夫婦関係に話題を変えることにした。

「ところで、前に話してましたけど、ご主人とはまだ別れたいと考えてますか？」

ユキコさんは薄く笑って答える。

「離婚はもういいかって思ってます。でも悪いけども、百パーセント、ダンナに心を許したとか、もう一度女房としてというのではなく……やっぱ震災なんですよ。震災があって、私がここまで仕事をして子供たちを育ててこられたのは、やっぱ心のなかに両親の支えがあったからなんですね。それを考えると、これから私の子供たちが結婚して、子供を産んで孫ができたりすると、今度は私にその役割があるわけですよ。おばあさんとして孫の面倒を見たり、アドバイスしたりしなきゃいけない。そういうことがあるから、子供を捨てて出奔するわけにはいかないし、離婚するわけにはいかないな、と。ときには彼氏のほうに行きたいな、というのはあるんですけど、子供は捨てられないですよ。絶対に後悔しますから」

「それはつまり子供たちに対して、どういう親でいられるか、ということでもあるわけですよね？」

「いや、いまだに子供たちのなかで、私のこの仕事について知っているのは長女だけです。長男はまず無理でしょうけど、次女なんかでも、理解できないって言うかもしれないですよ。唯一の救いは、長女がこの仕事について『いいんじゃない、べつに恥ずかしくないから。だってお母さんがそうやっておカネを稼いでくれてるんでしょ。私は、偏見なく向き合えるから』って言ってくれてることですね」

そこまでを話すと、ユキコさんは少し声を潜めて「じつは私ですね……」と切り出した。

「この間、風俗雑誌の巻頭グラビアページに出たんですよ。ラブホテルとかに置かれてるやつなんですけど、それを長女とその彼氏が見たみたいで、『お母さん、この前雑誌に出てたべ』って、長女に言われました」

「それはつまり、娘さんの彼氏もユキコさんの仕事について知ってるってことですか？」

「そうなんです。長女の彼氏も知ってます」

つい、なんともおおらかな、と思ってしまった。だが、彼女のこのおおらかさがあるからこそ、数多の悲劇を抱えた客たちを受け止めることができたのではないだろうか。

ユキコさんがこのタイミングで現在の仕事に就いていることに、どこかで〝天の配剤〟を感じずにはいられなかった。彼女自身はもとより、彼女の客にも、救いが生まれているような気がしてならないのだ。

第七章　風俗店主と女の子を繋いだ携帯電話

ハンドルを握る私の目の前に「北上江釣子《きたかみえづりこ》ＩＣ」との文字が現れた。二〇一一年三月以降、いったい何度このインターチェンジで降りただろうか。それまでは一度も利用したことがなかったのに、あれから二年半以上の時を重ね、すっかり馴染みの景色になっていた。

一三年十一月、石巻市でユキコさんに話を聞いた私は、一関ＩＣを経由して東北道を使い、北へと向かった。目指した先は岩手県の北上市。高速から一般道へと降りて、カーナビの案内通りに市街地を走ると、しばらくして目的地のドラッグストアの駐車場に到着した。そこで登録済みの番号に電話をかける。

「もしも～し」

ゆったりした男性の声が返ってきた。

「あ、小野です。いま到着しました」

「そう。じゃ、いまそこさ行くから、ちょっと待っててね」

電話の相手はシライさんだった。これまでに取材したアヤさんやサオリさんが所属するデリヘルのオーナーだ。今日は女の子ではなく、シライさん本人に話を聞かせてほしいとお願いをしていた。

ぼんやり待っていると、五分もしないうちに、白い国産の高級車でシライさんがやって来て、私の車に横付けするかたちで車を停めた。車外に出て運転席側に駆け寄ると、窓を開けた彼は笑みを浮かべて言う。

「でもなに、ほんとに私なんかの話でいいの？」

「もちろんです。横に座っていいですか？」

「それは構わないけど……」

私は取材道具を準備して助手席に乗り込んだ。新しい革のシートの匂いがする。

「私のほうから尋ねたいことを質問しますんで、心配なさらずに」

「そう。なら安心した。いや、喋るっていっても、なに喋ればいいか、わかんないからね」

そう笑うと、シライさんは煙草に火をつけた。私は単刀直入に質問する。

「震災後、シライさんの店はいつ頃再開したんですか？」

「うーん、けっこう遅かったよ。震災後二週間とか……。早いところは一週間後とかにやってたけど、結局ガソリンの調達が厳しかったからね。女の子も出てこれなかったし……」

「いやいや、二週間でもけっこう早いほうだと思いますよ。ちなみに早いところというのはどこらへんの地域ですか？」

「盛岡とかはライフラインの復旧も早かったから、昔からのお店のなかには、一週間後には開けてるとこがあったのよ」

たしかに、内陸部のインフラの復旧は早かったと記憶している。私自身、三月十二日の深夜に、同じ岩手県の奥州市水沢区に到着したが、そこではすでに電気が点いていた。

「シライさんのお店には石巻とか気仙沼の子がいるじゃないですか。その子らと連絡がついたのはいつ頃でした？」

「んーとねえ、やっぱり沿岸部の子は早くても一カ月くらいかかったかな。遅い子だと、半年くらいかかったんでないかなあ。なかでもいちばんひどい目に遭ったのが大船渡の子で、やっぱ流されちゃって……。当時三十五歳の子だったかな。主婦ですよ」

「流されて、って、津波に呑まれたってことですか？」

私が驚きの声を上げると、シライさんは「んだよ」と頷き、続けた。

「あの、たしか市役所さ行ってたみたいなんだよね。そのときに流されちゃって、一晩中板みたいなのにつかまってたらしいのね。それで水のなか行ったり来たりして流されて、下半身の感覚とかが、本人の説明だと『足がもうなぐなったと思った』と。それで夜の暗い海のなかで、同じような人がまわりにいて、互いに声をかけて助け合ってたみたいだよ。『頑張れ頑張れ』って。で、朝方四時過ぎかな。自衛隊のヘリコプターが来て、それで救助されたって……」

「壮絶な経験をされたんですね……」

私は思わず漏らした。

「その子は内陸の病院に搬送されて、やっぱり骨折してて、それでうちに連絡するのに半年くらいかかったのよ。私も新聞見たり、安否を確認しようとしてたけど、連絡取れないから、ああ、もう亡くなっちゃったかもしれないと思ってたんだよね」

沿岸部の津波被害のひどさを考えると、連絡が取れないことで相手の死を予想するのも無理はない。だが幸いなことに、シライさんは働いていた女の子全員と連絡を取ることができたという。

「大船渡も陸前高田も、宮古《みやこ》の子も大丈夫だった。ただ陸前高田の子からの電話は、家を流されて仮設住宅で避難生活してるって話で、その子は三十二歳の主婦なんだけど、そういうこともあって、店には出てこられなくなっちゃったんだよね」

私は質問を続けた。

「震災の二週間後から再開したということですけど、そんな時期でもお客さんは来ましたか？」

「いや、それが忙しかったのよ。ぶっちゃけ、震災の影響で会社に行けなかったりするじゃない。だから時間があるみたいで、普段よりはるかに忙しかった」

内陸部はそんな状況ではなかったのではとの、私の予想は覆された。

「どれぐらいの期間、忙しい日々は続いたんですか？」

「うーん、半年くらいかな。聞くとやっぱり被災した人たちが多かった。北上でもそうだし、前沢も一関もそう。結局、沿岸から避難してきてた人たちだから、義援金だとか保険金だとかガパガパもらって、それでいて時間があったのよ。キャバクラとかもけっこう忙しかったみたいよ」

ユキコさんへの取材で聞いていた話が頭にある私は続ける。

「お客さんのなかには親族が被害に遭った人もいるんでしょうね」

「うん。やっぱり女の子に話を聞くと、ご家族を亡くされた方も多かったみたいよ。奥さんとかお子さん、おじいちゃん、おばあちゃんとかね。そういえば、うちの女の子でも一人、親戚の小さい子を亡くしたっていうのがいて、たしか五歳の子だったかなあ……」

煙草をもみ消しながら、さらりと言う。

「いま働いてる女の子の精神状態はどうですか？　夏くらいからＰＴＳＤの症状が現れた子とかも、いたみたいですけど」

「精神上ねえ。アヤさんなんかはやっぱり、たまに思い出して、思い詰めたりするみたいだよね。思い出して泣けてきたりとか、震えたりとか、そんな症状がいまだにあるみたい。やっぱりいまでもたまに地震がくるから、あのときのことをふっと思い出してしまうんじゃないかな。私でもやっぱり震度四くらいの揺れがくると、えーっ、また？　みたいな気分になるしね」

私が被災地の風俗嬢を取材するきっかけとなった事案についても尋ねることにした。

「シライさんの店には、震災以前は風俗経験がなくて、被災して仕事がなくなったからと勤めに来た子はいましたか？」

「うちにはいなかったね。ただ、ほかにはいるみたいよ」

「では逆に、震災後にやめてしまった人は？」

「それは何人かいたね。さっきの津波に流された大船渡の子も、結局一度も復帰はなかったたし、家を流された陸前高田の子も、ローションとかの仕事道具を流されたって聞いたから、改めて送ったんだけど、途中で連絡が取れなくなっちゃった。ほかにも最初は連絡が取れたけど、携帯を変えて連絡が取れなくなった子とかは何人かいるね」

「たとえば私が話を聞いたアヤさんとかは、仕事があってありがたかったと言ってましたけどねえ……」

「もちろん、そういう人もいるよ。被災したけど家だけは残ってて、義援金もなんも入らなかった、みたいな。そういう中途半端な立場の人、一銭も入らないという人が、二人だかいるね。本人たちから聞いたもん。『義援金もなんも入らない』って。で、仕事もないわけで、そういう事情でこの仕事によって助かった人ってのは、いると思うよ」

被災によって同じように仕事を失っているにもかかわらず、家屋の損耗《そんもう》度合いによって、その後の手当てに大きな差が生まれた。それを〝運〟という一言で片付けるのは容易《たやす》いが、手当てを受ける人を横目に、受けられなかった人たちが抱いたであろう屈託は、想像に余りある。

「震災の前後で、女の子たちの様子はなにか変わりましたか？」

「それはあんまり変わりがないね。働く人は働く、そうでない人はそうでないまま。人はなかなかそこまでは変わらないよお」

そう口にするとシライさんは笑った。私は話をふたたび震災当日の状況に戻した。

「地震が起きたとき、プレイ中だった人っていましたか？」

「ああ、いるいる。そのときはみんなホテル側から、こういう状況だから部屋を出てくれと言われたのね。だけど携帯が通じないから、ドライバーを呼ぶこともできない。それでお客さんの車で連れて帰ってきてもらったりとかしてたね。でも、わりとすぐに全員が事務所に戻ってきたよ」

「シライさん自身、経営者として、あんな地震が起きたら、もう再開できないのではないかとの不安はなかったですか？」

「いや、うちは大丈夫だって思ってたよ。女の子とも連絡ついてたし、その点ではけっこう楽観的だったと思う」

実際にそのゆったりとした口調から、余裕があっただろうことが窺える。

「なにか震災当時のことで、思い出に残っている話というのはありますか？」

私が尋ねると、一瞬考えたシライさんだったが、すぐに話を始めた。

「あの、ライフラインの復活は盛岡とかが早かったって話したでしょ。それでうちは盛岡にも店があるから、『じゃあみんなで風呂に入りに行くっぺ』と、水の出ないこっちから、女の子たちをまとめて連れていったのよ。それで盛岡の待機所のマンションに、一週間くらい雑魚寝《ざこね》でいたかな。そしたら今度は北上のライフラインが繋がって、じゃあ北上さ戻ろうとなった、ということがあったね」

それは、津波の直接的な被害がなかった内陸部ならではのことなのだろう。シライさんの言を借りれば、同行した女の子たちも、自宅に戻ったとしても電気が点かず、水も出ないのなら、店の人たちと一緒にいたほうが不安も少ないと判断したということだ。

「とはいえ、ライフラインが復旧しても、ガソリンでは苦労したんじゃないですか？」

「そうだったねえ。ガソリンスタンドに三時間とか四時間並んで、割り当てが五リッターだけとか、そんな感じだったから。ホテルの近くでエンジンを切って待機したりもしてたよ。でもなかには、スタンドに知り合いがいるだかで、内緒で分けてもらっていた業者さんもいたみたい。あと、闇ルートで手に入れたりとか……」

そこまでを口にすると、シライさんがふと時計に目をやった。そろそろ話を切り上げたほうがよさそうだ。

「復興の作業で県外から来てる人たちって、店を利用してますか？」

「いるいる。多いよ。だけども、女の子たちは県外から来た人のほうがやりやすいって話してるのね。要は地元だと知り合いに会うとか、そういうリスクがあるでしょ。やっぱりなんだかんだいって狭い世界だから。偶然、呼ばれた相手が元彼氏だった、とかね……。いまでも憶えてるけど、『なんでお前にカネ払わなきゃなんねんだって言われたー』って、その子はこぼしてたねえ」

当時の様子を思い出したのか、そう言って笑う。私は最後に、シライさんの店で、実際に津波が到達した沿岸部から働きに来ていた女の子の数について尋ねた。

「石巻は二人で、気仙沼が四人。陸前高田が二人で、大船渡が二人。あと、宮古と山田《やまだ》が一人ずつだったかな。で、そのうち大船渡の一人と陸前高田の二人は来なくなったね。家を流された子は全部で三人だっけかな……」

数えるために折られた指先に目をやった。その一人ひとりにそれぞれの物語があったに違いない。これから二時間後、私はシライさんが折った指の一人に当たる女の子に、話を聞けることになっていた。

＊

取材場所として指定されたのはラブホテルではなく、奥州市にある公園の駐車場だった。相手の女の子はシライさんの店の専属ドライバーが運転する車の後部座席で待ち、私がそこに車を横付けしたうえで、彼女がこちらの助手席に移って車内で取材するという寸法である。

取材できるのは、次のプレイ相手の予約時間までと限られていた。さらに、そのなかには週刊誌に掲載する予定の〝表〟の取材が含まれていて、そこでは性感帯や得意プレイなどを聞いておく必要があった。これがあるから取材に応じてもらえるという、必要最低条件である。

私の目の前に現れたシホさんは、三十四歳の元ＯＬ。和風顔のおとなしそうな女の子だった。細身でナチュラルメイクの、外見だけでいうと、信用金庫の制服が似合うようなタイプだ。

宮城県気仙沼市出身の彼女は、じつは客に対しては自分が被災した沿岸部の出身であることを隠しているらしい。そこで店名と源氏名が出る〝表〟の記事では出身地に触れないことを約束し、先にそちらの取材を済ませたのだった。

一〇年五月からいまの店で働くことになったという彼女は、家庭の事情を理由に風俗の仕事を始めていた。

「以前は水産加工品会社で事務の仕事をやっていました。もうやめてるんですけど、お店のホームページでは、いまもＯＬをやってるということになってます。震災の前年に母が病気で亡くなったんですね。そのあとで、家に借金があることが発覚したんですよ。それを姉と一緒に返済していたんですけど、昼の仕事の給料だけでは足りなくて……。それまでやってた仕事は、手取りで月十二万円くらいにしかならなかったんです。で、どうしようって迷ったんですけど、どうしようもなくて、いまのお店に入ることにしたんです」

　仕事を探す際に店のホームページを見て、多くの女の子が在籍しているということが、入店の決め手になったそうだ。

「最初はすごく緊張しましたね。けど、一週間くらいでわりと慣れた感じです。そういう点では、自分ってエッチだと思いますね。攻められてると、もっと攻めてほしくなったりするんで……」

　シホさんは恥ずかしそうに伏し目がちに語る。だが、必要に迫られて始めたとしても、どうしても無理な人には続けられないのが風俗の世界だ。その点でいえば、彼女には継続できる要素があったのだろう。

「自分の目標に向かっておカネを貯められるのが、嬉しいっていうのはあると思います。あと、疑似恋愛みたいにいろんな人と彼氏・彼女になったような感じがあって、和気あいあいとプレイできてるときは楽しいですね」

とはいえ、隠し事をすることへの後ろめたさがないわけではない。風俗で働く時間について、周囲にはなにをしていると説明しているのかと、私が尋ねたときのことだ。

「お店に出ている時間については、まわりにはスナックで働いてると話してます。それより前はコンパニオンだと言ってました。姉とかに『仕事頑張ってる？』と言われたときに、内容をそっちに合わせて話すので、嘘をついていることへの罪悪感はありますね」

彼女が震災に巻き込まれたのは、入店から十カ月を経たときのこと。「地震のときはどこで？」との私の問いに、落ち着いた口調で答えた。

「地震があったときは出勤前で気仙沼にいて、海の近くの自宅アパートにいました。それで『津波が来るぞ』と耳にして、すぐに自分の車を運転して逃げました。そのときは一人暮らしだったので、一人で山のほうに逃げたんです。うちのアパートは逃げた直後に津波が来て流されました。すっかり慌てていてなにも持ち出せず、部屋にあった荷物はすべて流されました」

そこで私は尋ねる。

「気仙沼に津波が押し寄せるのを、直接目にしたんですか？」

「私が逃げたところは山の上で、海はごく遠目でしか見えませんでした。ただ、暗くなってから、港が火に包まれてるのは山手からも見えて、街が燃えて空がオレンジ色に染まっているのがわかりました。現実に起きてるとは思えないというか、夢を見ているようでした。それはもうショックでしたね」

「避難所にはいつ行ったんですか？」

「車内に二日いて、落ち着いてから避難所に行きました。結局、その避難所には二十日くらいいて、お風呂がないのと、布団がなくて頂いた毛布を敷いて寝てたので、躰が痛くてつらかった記憶があります」

家族はどうなったのか質問すると、シホさんは顔をこちらに向け、状況を説明した。

「うちはもう両親がいなくて、肉親は気仙沼の実家に夫婦で住む姉だけなんですね。だけど、その姉とは携帯での連絡が取れなくて、どうなったんだろうって、心配していました。そうしたら姉が五、六日経ってから私のいる避難所に来たんです。それでやっと会うことができました」

避難所にいるときに、彼女が働く店のオーナーであるシライさんからの、携帯電話への着信に気付いたという。

「心配した店長からは、震災の次の日とその次の日に電話があったみたいで、着信の履歴が残っていました。不安な時期なんで、それはありがたかったですね」

シライさんと連絡を取り、仕事への復帰はいつでも構わないと言われた彼女だったが、まずは住居を確保する必要があった。

「結局、私は避難所から内陸のほうに引っ越すことにしました。アパートを見つけたのは一関です。私自身、生まれは気仙沼なので、内陸に出てくるのは、なんとなく寂しいという思いがありました。ただ、地元のほうは街中が津波でやられてしまったため、物件が全然なかったんです。あってもすぐに埋まってしまうし、条件にしても悪かった。だから仕方なくって感じです……」

四月初旬から一関市内のアパートに移り住んだシホさんは、当初、四月十日から仕事に復帰する予定を立てていた。しかし、それはあることで延期されてしまう。

「店長にも『十日くらいには復帰します』と伝えていました。けど、四月七日に震災後の最大余震があったじゃないですか。それで片付けとかが必要になって、すぐには戻れなかったんです。結局、お店に出られたのは二十日とかになってました」

マグニチュード七・二の最大余震が発生したその夜、私は北上市にいた。顔馴染みになっていたマスターが一人でやっているバーにいると、いきなり下から突き上げる衝撃があり、続いて横に激しく揺れ始めたのだ。

震度五強の揺れだった。店内ではグラスが棚から落ちて割れ、マスターはカウンターに両手でつかまり「これはやばい……」と唸った。客は私一人だ。そこで私は「ストーブの火は大丈夫？」と声を上げ、建物が古い木造家屋だったことから倒壊を恐れ、「ひとまず外に出よう、外に」とうながした。

揺れが続くなか店外に出ると、近くの店にいた客や従業員も続々と表に出てきた。

「なに、これ？　もう、やん（嫌）だぁ」

中年女性の、これ以上の仕打ちには耐えられないといった嘆きの声が響く。思わず「大丈夫。大丈夫だから」と声をかけると、「これのどこが大丈夫なんだぁ」と、彼女の怒気を含んだ声が返ってきた。同時に、近くで瓦か壁の一部が落ちる音が聞こえた。

すると、ふっ、と街を照らしていた明かりが一斉に消え、まわりから「ああっ」と悲嘆の声が漏れた生々しい記憶がある。そうか、あの夜、同じとき、シホさんは一関に居たのか……。

私は彼女に目を向け訊いた。

「震災後に復帰して、なにか前と違うことはありましたか？」

「とにかく忙しかったという印象があります。わりとフルでまわってましたね。私は午後四時から十時というスケジュールで働いてたんですけど、それでお客さんが一日に四、五人というのが続きましたから。建設業の方とか、テレビの取材で来たという方もいました。そういうわけで、他県の人もわりと多かったですね。あと、沿岸部で被災した方も多かったですよ。もう、いろんな話を聞きました。会社も家も流されてしまって、いま仮設に住んでるんだという方とか……」

シホさんは胸の前で腕を組む。私はできるだけさりげなく尋ねた。

「ご親族を亡くした方とかは……」

「はい、いました。大船渡の四十代の人で、親戚のおばちゃんが見つからないんだって。そういう方には、私も自分の地元のことを話すようにしてて、うちの叔母も亡くなってるんですけど、『私も叔母を亡くしたんです』って。『でも、私たちは生きて助かったんだから頑張りましょう』と言ったりとか……」

私は当初から抱いていた疑問を口にした。

「シホさんはお客さんに対して沿岸部の出身であることを隠していますよね。それにはどういった理由があるんですか？」

「うーん、やっぱり狭い世界ですからね。それを見て、もし地元の知り合いとかがやって来たら困るというのがあるんですよ。さっきの大船渡の人に、自分も被災してることを言ったのは、地元が違うし、そこからは伝わらないという安心があったからです。あと、やっぱり被災したのは自分だけじゃないということを話すことで、相手の慰めにもなるかなっていう思いもありました」

私は言葉を重ねる。

「やっぱりそういうつらい目に遭った人を目の当たりにすると、なんとかしたいという気持ちが芽生えるということですかねえ」

「そうかもしれません。震災の話をしてるうちに目が潤んでくる人とかいますから。それこそ、その大船渡の人とか……。あと、震災のことを思い出して、ちょっと鬱気味になったという人も何人かいました」

シホさん自身はそのような精神状態にならなかったのかと尋ねた。

「私はあまり鬱はなかったですけど、喪失感はありました。自分の持ち物が全部流されてしまったので、思い出が失われてしまった、みたいな……。ただ、この仕事で人と毎日喋ってたので、かなりの気分転換にはなったと思います。あと、収入にもなったし……」

「そういう点では、風俗の仕事が震災後の自分の助けになった、と？」

「それはあるでしょうね。仕事も収入もない、それでもって人と喋らないというふうになったら、私も落ち込んでいたかもしれません」

「シホさんにとって、いまやってる仕事ってどんな仕事だと思います？」

「風俗の仕事は自分の夢を叶えたいという目標を決められて、実際におカネを貯められる仕事だと思いますね。あと、お客さんが明日から頑張れるように、癒やしてあげられる仕事でもあると思います」

その口調に作為や誇張は感じられなかった。決して嫌々やっているのではないということが、納得できた。

ここまで話したところで、私の座る側の窓がコンコンとノックされた。振り返ると、彼女を乗せてきたドライバーが立っていて、「すいません、そろそろ時間なんで……」と、申し訳なさそうに言う。それに対して何度も頷き、「ではあと三、四分で終わりますから」と伝えた。

「すみません、時間がないようなんで、あとひとつふたつだけ質問を。シホさんは現在の仕事をいつ頃まで続けようと考えてます?」

「うーん、この仕事をいつまでとは、まだ考えてないですね。いまのところ、やめどきというのが正直イメージできてないです」

「いまは週に何日くらいお店に?」

「だいたい週に四、五日は出てます。で、家にいるときはエッチなDVDを見たりして、プレイを研究しています。こうやったらいいんだ、と勉強してますね」

はにかみながらの答えが返ってきた。さすがにインタビューにこれ以上の時間をかけるわけにはいかない。というのも、最後に車内で〝表〟の記事用の撮影が残っているのだ。黒いカーディガンにオレンジ色のフレアスカート姿の彼女に目をやり、私は言った。

「すみません、じゃあちょっとセクシーな写真が必要なんで、スカートをちょっと下着が見えるくらいの位置まで、まくっていただけますか？」

「はい」

シホさんは抵抗なくスカートの裾に手をかけると、ひらりと持ち上げた。肌色のストッキング越しに、白地に黒いドット柄のパンティが現れた。

「では、撮ります」

カメラのファインダーを覗く私は、彼女の唇から下にタテ位置の画角の上端を合わせて、シャッターを切る。

「念のためもう一枚」

ファインダー越しに、シホさんの切りそろえられている爪に桜色のネイルカラーが施されているのが見えた。

第八章　被災した女子高生、風俗嬢になる

「小野さん、急な話で申し訳ないんですが、例の女の子、明日でよければ大丈夫なんですけど……」

岩手県内での取材を終え、東京に戻る途中で仙台市に立ち寄っていた私に電話が入った。かけてきたのは北上市のデリヘルで店長をしているアイダさんだ。

私はシライさんの店で働くシホさんへの取材を終えた翌日、〝表〟の取材で、アイダさんの店で働く介護士兼デリヘル嬢を北上市で取材した。そのアポを取ったとき、同店に仙台市の沿岸部で被災した女の子がいることを耳にしたのだ。すぐに取材を申し込んだのだが、彼女の出勤予定は立っていなかった。というわけで、もし取材できそうなら連絡が欲しいと、お願いしていたのだ。

アイダさんによれば、彼女、ミヤビさんは現在十九歳。被災したときは十七歳の高校生だった。現在、岩手県内で看護の専門学校に通う彼女から、明日出勤するとの連絡が入ったというのである。私は東京に戻る予定をずらし、ふたたび北上市へと向かうこと

をその場で決めた。

次の日、ホテルの部屋で待っているとチャイムが鳴った。扉を開けると、緊張した顔の女の子が立っている。クリーム色のセーターに白いミニスカート姿の彼女は、「ミヤビです。よろしくお願いします」と、やや上ずった声で言うと、頭を下げた。

部屋に招き入れた私は、彼女の緊張を解こうと声をかけた。

「ミヤビさんはこれまでに取材とかの経験はあるのかな？」

「いや、ないです」

「そっか。これからいろいろ質問しますんで、それに対して大丈夫な範囲で答えてもらえればいいだけだからね。これ、どっちが好き？」

私は事前に買っておいた麦茶と緑茶のペットボトルを、ミヤビさんの前に差し出した。

「あ、すみません。なら、こっちを……」

彼女は麦茶を選んだ。

「ミヤビさんはいまの店に入ったのって、いつ頃だった？」

「今年（二〇一三年）九月末です」

「それまでに風俗の経験は？」

「あ、いや、初めてです……」

「ということは、まだ二カ月くらいの経験なんだ。ちなみにどういうきっかけでこの仕事をやろうと思ったのかな？」

「あの、私いま専門学校に通ってるんですね……」

「たしか、看護の専門学校だよね？」

「そうです。その学校の友達がデリの仕事をやってて、彼女から話を聞いてたんです。最初のうちは風俗っていうことに抵抗があって、一カ月くらいは話を聞いてるだけだったんですけど、だんだん、いいかもしれないって思うようになってきて……。それで中学時代の友達を誘って、一緒にやることにしたんです」

　ベッドの端に座るミヤビさんは長身を折り曲げ、おどおどとした口調で話す。声質と方言まじりの喋り口調が、その年の九月まで放映していたＮＨＫの連続テレビ小説『あまちゃん』の主人公・天野《あまの》アキにそっくりだ。

「おカネについては、どれくらいになるって聞いてました？」

「専門学校の友達は、月に五十万円くらいになると言ってました」

「それまでバイトとかは？」

「あ、バイトはいまもやってます。××市内の居酒屋で週に二回くらいなんですけど……」

　聞けば、時給八百円の居酒屋で午後六時から十一時までの五時間が勤務時間だという。つまり、一日の収入は四千円。それが月に八日だとして、合計で月額三万二千円ということになる。風俗での仕事が現実に月額五十万円になるかどうかはさておき、その差はあまりにも大きい。私は質問を続けた。

「風俗で稼いだおカネはなにに遣うため？」

「学校を卒業したら大阪に行きたいと思ってるんです。私、関西弁が好きなんで……。そのためのおカネと、あとは遊ぶためのおカネが欲しいと思って……」

それが身を張っての仕事と見合うのかどうかは、私にはわからない。実際のところ、彼女も当初は仕事の内容に抵抗を感じていたことを明かす。

「初日はとにかく緊張してました。自分から攻めたりするのに抵抗があったんです。あと、知らない人の前で、はじめのうちは全然脱げなかった。明かりを暗くしてもらって、やっとでした。で、最初の人とのプレイが終わって、やっぱり風俗の仕事は今日限りでやめようと思ってました。結局、その日は四人を相手にしたんですけど、最後のお客さんがすごく話とか聞いてくれる人だったんですね。それで、もうちょっと頑張ろうかなって思い、続けることにしたんです」

そこで質問を加えてわかったのが、彼女は風俗で働くわずか五カ月前の今年四月に、交際相手と初体験を済ませたばかりだったということだ。私はつい尋ねていた。

「彼氏がいてこの仕事を始めたの？」

「いや、彼氏とは五月に別れたんです。私が振られました」

その理由は、彼女がアルバイトを探す過程にあったらしい。

「友達から盛岡にあるキャバクラの体験（入店）に行こうって誘われて、一度だけ店に出たんですね。それがバレてしまったんです。たぶん向こうに携帯を見られたんだと思います。友達とのやり取りが残ってたんで……」

携帯を盗み見られた行為を責めるではなく、そういうことをしてしまった自分が悪いといった口調だ。そんな性格の彼女だからだろうか、現在の仕事にも罪悪感があると語る。

「最初の頃はもう店に行くことじたいに……。いまも本当にしてることを人に言えなかったり、親とか友達とかに嘘ついているという部分で罪悪感がありますね」

風俗で働いている時間について、家族にはなんと説明しているのか尋ねた。

「この時間については、お父さんとお母さんにはキャバで働いてると話してます。風俗のことは信頼できる弟にだけ話したんですけど、弟にも最初は怒られました」

彼女が弟は二歳下で高校三年生だと説明するので、その年頃の男の子が姉の風俗バイトを理解するのは難しいのではないかと口にした。すると、「いまもたぶん理解してないと思います」との言葉が返ってくる。ならばなぜ弟に、と改めて問いかけた。

「親とかが私について、『なんで家にいないんだ』ってなったときとか、家庭内で助けてくれると思って……。姉弟喧嘩とかしたときに、告げ口されたら嫌だなとは思ったんですけど、そういう奴《やつ》じゃないんで……」

「兄弟はその弟だけ？」

「いや、その下に小二の弟がいます。うちはお母さんが再婚したんですけど、小二の弟は新しいお父さんとの間の子供です」

いま岩手県内に住んでいるというミヤビさんが、二年半前に仙台市で被災したということについて、この母親の再婚が関係しているのかもしれない。しかし、それについては彼女から話が出てくるのを待つことにした。

「歳の近い弟以外だと、ミヤビさんの仕事について知っているのは、この仕事をやっているという専門学校の友達と、一緒に入店した中学時代の友達だけかな？」

「そういう話ができるのは、その二人を含めて三人いて、あと一人は高校の同級生だった友達です。じつは、いちばんなんでも話せるのがその高校の友達で、私がこの仕事を始めたことを話したときも、びっくりして止められるかと思ったけど、『自分で決めたことならいいんじゃない』って……」

「ちなみに、一緒に始めた中学時代の友達は、いまどうしてるの？」

「その子は彼氏ができて、そっちに一生懸命で、いまは店には出てないですね。じつは私も、次に付き合う人ができて、二週間くらい店に行かなくなったことがありました」

二人目の交際相手となるその彼氏とは、二週間で別れてしまったそうだ。とはいえ、彼女が語る別れのきっかけというのは、非常に興味深い内容だった。

「私のなかで、この仕事を始めてから、ほんとに好きな人とじゃないと最後までできないというか、簡単にやるってことをしたくないっていうのがあったんです。で、その彼氏とはエッチに関して最後までいかず、その手前までだったんですけど、もしかしたらこの人って、私に対して〝躰だけ〟じゃないのかなって思ったりすることがあって、それで最後まで求められたときに、拒んで別れたんです」

男からしてみれば、〝最後の一線〟を越えるかどうかということは、彼女が言うほどには決定的な違いを感じることがない。さらにいえば、ならばなぜ、それほどまでに大切な躰を使う風俗の仕事を選択したのか、との矛盾を感じてしまうというのが、正直な意見だ。だが、ミヤビさんにしてみれば、いわゆる風俗業界用語でいう〝本番〟があるかないかの違いは、天と地ほどの差があるのだという。

じつをいえば、私自身は風俗嬢への取材を長年続けてきたことで、彼女がなぜ〝本番〟のあるなしの違いについて強調するのか、わからなくはなかった。

結論からいえば、そのように一線を引かないと、風俗で働く自分自身を貶《おとし》めることになってしまうのだ。ここまでは仕事の領域、そこから先は個人の領域と分け、仕事で出会った相手を個人の領域に踏み入らせないことによって、自分が客相手にやっている行為は「あくまでも仕事なのだから」と納得することができ、心が崩壊するのを防いでいるのである。

そうした防御の一線を〝本番〟のあるなしに定めたミヤビさんにとって、個人の領域はいつしか侵すべからずの〝聖域〟となり、仕事の相手ではない交際相手であっても、それを求められたときに、疑心暗鬼を生じるようになってしまったのだ。

とはいえ、会ったばかりの取材者が、そのような解釈を口にしても詮無いことは重々承知している。私は次の質問に切り換えた。

「お客さんのなかにも本番を求めてくる人がいると思うけど、どうやって断ってるの？」

徐々に慣れてきたのか、ミヤビさんは私の目を見て即答した。

「私、これまでエッチ（本番）した相手が一人だけじゃないですか。だから『やったことないから』『大事だから』って言って断ります。けっこうしつこい人もいることはいるんですけど、みんな口で言うだけで、無理やりやってこようとすることはないんで……」

「仕事を続けるうちに、風俗に対するイメージって変わったりした？」

「この仕事には最初は、悪いイメージがありました。でも、最近は変わってきたんです。人間なら誰でもある感情なんじゃないかなって、思うようになりました」

現在の仕事はどれくらい続けるつもりか尋ねると、次の答えが返ってきた。

「この仕事はいまのところ卒業までって考えてます。私の行ってる学校は三年間なんで、再来年の三月まで。それで国家試験を受けて看護師の資格を取るつもりです」

ここまで取材したところで、続いて、彼女自身の被災体験に話を向けようと、私は切り出した。

「たしか、震災のときは仙台市にいたと聞いたんだけど、どのあたりにいたの？」

「若林区《わかばやし》の荒浜です」

荒浜といえば、約百九十人もの死者を出した沿岸の町である。私も現地へ何度か足を運んだが、多くの死者を出した名取《なとり》市などと同じく平地の続く地形で、海岸線の手前の広い範囲で住宅が根こそぎさらわれ、家の土台だけが残されていた。

「そこには家族と一緒にいたの？」

「いや、前のお父さんと一緒に住んで、高校に通ってました」

「それはいつから？」

「中三の卒業式の二カ月前です。高校受験で仙台の高校に入るために、あっちの中学校を卒業しなければいけなかったんで、岩手から転校したんです」

ミヤビさんがなぜ実父と同居するようになったのか。それを説明するためには、彼女の両親の離婚問題に触れないわけにはいかない。デリケートな問題だけに、口を閉ざされることを危惧したが、意外にあっさりと明かしてくれた。

「両親は私が小四のときに離婚しました。経済的な理由だと聞きました。お父さんがお母さんの貯金を遣ったり、借金がすごいあったりって……。借金はギャンブルのためですね。パチンコが好きなんで……。お父さんはトラックの運転手をしてました。お母さんは電機メーカーの工場で働いてました」

実父は離婚を機に仙台へ引っ越していったという。

「お母さんは私が小五のときに再婚しました。お母さんと新しいお父さんは小中の同級生で、お祭りで再会したそうです。新しいお父さんは土木系の仕事をしてるんですけど、背中に刺青《いれずみ》が入ってて、そのことにすごいびっくりして……。あと、髪の毛も金髪で、ヤクザかと思いました。見た目が怖かったし、抵抗を感じてました」

ミヤビさんが予想以上に踏み込んだ話をしてくれたことから、私は遠慮なく訊くことにした。

「新しいお父さんは、家族にDVとかはなかったの?」

「お酒を飲んだりすると、お母さんにだけ暴力を振るうことがたまにあります。そうすると弟は怒りますけど、けんかになると危ないと思って、私が止めに入るようにしてました。私たちへの暴力はなかったですね」

なぜ、高校は実父のもとから通ったのかと質問した。

「ちょくちょく、年に一回くらいお父さん(実父)には会いに行ってたんですけど、お父さんから高校のときは仙台に来てほしいって言われてたんですね。それで私は新しいお父さんにあまり懐けなかったこともあって、仙台に行くことにしたんです」

「二歳下の弟は一緒ではなかったの？」

「弟は私と考えが違って、『お母さんを守りたい』って、岩手に残りました」

ミヤビさんは仙台市にある県立高校の普通科に入学した。

「わりと難しい高校でしたけど、合格することができました。ただ、高校に入ってから全然勉強をしなくなっちゃったんですね。中学時代から続けてた運動部に入ったんですけど、その部活とコンビニでのバイトばかりに時間をかけてました」

「離婚原因になった、お父さんのギャンブル癖はどうなってたの？」

「お父さんはやっぱりおカネがあればパチンコに行ってましたね。学費は払ってくれたんですけど、あとはけっこう私のバイトで賄ってました」

「食事代とかも？」

「あ、食事は寮だったんで、大丈夫でした」

「寮って、学校の？」

「いや、お父さんの会社の寮です。当時、お父さんは建設会社に勤めてたんですけど、そこの寮で一緒に暮らしてたんです。で、寮には食堂があって、おばさんが朝と夜の食事を作ってくれるんですね。だから食事の心配はいらなかったんですけど、自分のお小遣いは全部バイトで稼いでました」

大食堂があり、風呂、トイレが共同だという寮は、荒浜港から近い場所にあったという。

「地震が起きたのは高二の三学期です。私はちょうど胃腸炎で部活を休んでるときで、寮にいました。部屋で寝てて、ああなんか揺れてると思ったんですね。たんすとかが倒れてきそうになって……。でも具合が悪くって、動けないなと思って、起き上がらずに布団のなかにいました。すぐ収まるだろうと思ってましたけど収まらなくて、靴箱とかが倒れました。で、揺れが収まると今度は津波の警報が鳴ったんです。だけどしょっちゅう鳴ってたんで、どうせ今回も津波は来ないだろうなって思ってました」

たしかに、その二日前の三月九日の正午前にも、東北地方の太平洋沿岸部に津波注意報が発令されていたが、約三時間後にはすべて解除されていた。

「そうしたら寮のおばさんが、部屋の外からドンドンってノックしてきて、『ミヤビちゃん、逃げるよ』って言われたんです。当時、うちのお父さんを含めて男の人たちはみんな仕事に出てて、寮には私とおばさん、あとおばさんの孫の小さな男の子が一人だけでした。私は寝間着姿で具合悪かったんで、『いや大丈夫です』って言ったんですね。そうしたら怒られて……」

いま目の前で語っているのだから、無事だったことは明らかなのだが、それでも思わず身を乗り出して訊いてしまう。

「なんて怒られたの？」

「『いいから。命のほうが大事だから』って。もう、すごい剣幕で……。それから着替えずにそのまま出て。私はトレーナーとスウェットパンツでした。靴下は穿いてなかったような気がします。上にはなにも羽織ってませんでした。手に持ったのは携帯だけでした」

寮のおばさんと孫の男の子、それにミヤビさんの三人は、おばさんが運転する車で内陸部へと向かった。

「最初はおばさんのダンナさんと合流しようとしたんですけど、連絡が取れなくて、野菜畑みたいなところに行きました。そこから振り返ると、海側の方に津波が見えました。はっきり見えてたんで、もっと安心できる場所を探してさらに移動したんです」

「津波はどんなふうに見えたの？」

「ちょっと離れてたんですけど、波がこっち側に向かってきてる感じでした。で、『ここじゃだめだ』とおばさんが声を上げて、車で二十分くらいかけて若林区の量販店の駐車場まで行きました。そこからは直接海が見えないところです」

幸いにして、避難する途中の道で渋滞等に巻き込まれることはなかったという。

「カーナビのテレビを見てて、そのときに名取とかに津波が来てるのを見て、全然信じられなくて……。あと、夜になったら荒浜で遺体が二百体とか言ってたじゃないですか。そのときはまだ夕方前だったんですけど、お父さんとは合流どころか、連絡すら取れてなくって、会社の人たちはみんな名取で仕事だったんで、それを心配してました」

彼女が実父と連絡が取れたのは、午後六時頃のこと。

「それでこっちの場所を伝えて、七時頃には合流することができました。お父さんは名取の橋の手前にいて、渋滞に巻き込まれて、いったん南側に引き返してました。おばさんのダンナさんとかも一緒にいて、みんなで私たちがいるところにやって来ました」

やがて雪が降ってきた。

「寒かったけど服とかはそのままでした。ご飯を買いに行こうとしたんですけど、どっこも品物がなくなってて、コンビニでポップコーンだけ買えたんで、それだけを食べてました。夜中に近くの中学校に移動したんですけど、そこにもすごい人が集まってました。体育館には入れなくて、その晩はお父さんが乗ってきた会社の車のなかで過ごしました。工具とかを積んだワンボックスカーです。ほかにも社員の人がいて、車内は私を入れて四人でした」

すでに寮があった場所は津波に呑まれ、そこに戻るという選択肢はなかった。

「次の日、小学校も避難所になってると聞いて行くと、炊き出しをやってて、おにぎりをもらいました。おにぎりは一人一個でした。そのあと、中学校の体育館が空いたので行き、二晩過ごしました。そこでは段ボールと毛布をもらい、段ボールの上に毛布を敷き、もう一枚の毛布を被って寝ました」

この時期、彼女は実父とその同僚と行動を共にしていた。三十代から四十代の男性ばかり五人のなかにいる、たった一人の女子高生だった。

「まわりの人は家族で避難して、お母さんがいたりするのに、自分はまわりに年配の男の人ばかりだし、それがつらかったんです。お父さんだけのときに『なんでこんなつらい目に遭わないといけないの』って泣きました」

地震の翌日には母親と連絡がつき、無事を報告できたが、ミヤビさんの避難生活はさらに続く。

「中学校を出てからは、寮のおばさんの知り合いに温泉旅館をやっている人がいて、そこに二日だけ泊めてもらいました。ただ、温泉でもお湯が沸かせないため、お風呂には入れなかったんです。震災から少なくとも一週間は入れませんでした。かゆくてつらかった記憶があります」

温泉旅館からは、避難所になっていた区の体育館に移動したのだという。

「そこには二カ月近くいました。すごく人が多くて混んでて……。でも、助け合ってて、いろんな人と関わってて、不謹慎かもしれないですけど、人との絆《きずな》を感じました。知らない人と一緒にご飯を盛りつけたり、勉強スペースがないので、知らない高校生と床で勉強したり。シャワールームがついていたので、交互に利用してました。トイレは数が少ないんで、いつも混んでました」

「そうした避難生活は、ミヤビさんにとってどういう経験でした？」

「なんかみんなまわりが知らない人なのに、つらいからこそ支え合って、みたいな……。人って助け合えるんだなって思いました。そこには寮のおばさんとか、全員がいました」

高校に通えるようになったのは、四月の後半になってからだったそうだ。この避難所にいるときに、友人を介して悲しい情報が入ってきたのだと語る。

「部活でキャプテンだった先輩が亡くなったんです。同級生とか友達が私のいる体育館に何回も足を運んでくれて、それで先輩が行方不明だっていう情報が入ってました。みんなで避難所とかをずっと捜してて、私も手伝ってたんですけど、震災から一カ月後くらいに遺体で見つかったって聞いて……。もう何回も泣きましたね。その先輩が亡くなったのを聞いたときが、いちばん泣きました」

親族を亡くすなど、周囲に悲しみを抱えた人が多いことを意識したらしい。

「同級生とかでも家族を亡くした人とかけっこういましたし、あと、部活の後輩で両親を亡くした人とかもいて、自分にできることはないかなと思って『なんかあったら声をかけてね』とは言ったんですけど、私が想像するよりもつらいだろうと思って、それ以上はあまり触れられませんでした」

　すでに二年半が経っているのだが、やはり振り返るとそのときの心境が蘇るのか、悄然《しょうぜん》とした声になる。

「寮があった荒浜の、被災後の様子は見に行った？」

「はい。すっかり変わり果てていて、言葉を失いました。近所にあっていつも通ってたコンビニの、顔見知りのおばさんが亡くなったと聞いて、ああ、もう喋ったりできないんだなって思うと……ショックっていうよりも、悲しくて仕方なかったです」

　言葉を選ぼうとしたのか、少しの間、絶句した。

　やがて五月になると、実父とミヤビさんは避難所を出て仮設住宅に入居した。やっと訪れた、親子だけの時間だった。だが、彼女のなかにはある決意があったという。

「お父さんと生活してて、やっぱりおカネの面で喧嘩することが多かったんです。それでお父さんと一緒に住みたくないという気持ちがあって……。もうそれは高二ぐらいからずっと思ってて、そうしたときに震災が起きたんですね。だから、高校を卒業するときはお母さんのところに帰るって話してたんです」

　そのため、宮城県ではなく岩手県の専門学校を選んだというのだ。だが、そこでの進路については、震災の経験が大きく影響していた。彼女は振り返る。

「看護師を目指すことについて、はっきりと決まったのは震災を経験してからです。それまでは美容師とかを目指してて、看護師という仕事はお母さんから勧められてたんですけど、自分には向かないと思ってて、あまり考えてなかったんですね。だけど震災で、すごくいろんな人に助けてもらって、人の命の重さを感じるようになったりとか……。どんな仕事でも人の役には立てるんですけど、私のなかではいちばん人の役に立てる仕事って考えたときに、看護師っていいなって。それで看護師に決めました」

高校に入って勉強を全然しなくなったと口にしていた彼女だが、高校三年の四月末に学校に復帰してからは、目標に向かって努力するようになった。

「自分にしては頑張ったと思います。とくに高三の夏休みからは一生懸命勉強しました。放課後は同じ進路を目指す友達と一緒に勉強したり、休みの日も図書館に行ったりとか……。そうしたら成績が上がったんです」

その結果、岩手県内の看護専門学校に合格し、いま現在、二年生の冬を迎えるに至るのである。もちろん、進学した時点で後に自分がデリヘルで働くことになり、このように取材を受けることなど、想像の埒外《らちがい》だったに違いない。そこで最後に少々意地悪な質問をぶつけた。

「被災したことと、いまデリの仕事をやっていることに繋がりってあるかな?」

「うーん、繋がりはないですね」

そう語るミヤビさんからは、当初の緊張していた気配は消えていた。

私がインタビューを切り上げ、店名と源氏名を出す〝表〟の記事にするための撮影を申し出ると、「あっ、そういえば……」と、彼女はなにかを思い出したかのように口にした。「なになに?」と、思わず私も尋ねる。

「被災したことと繫がりがないって言いましたけど、私、あの経験をしてから、人生は一度だけだって思うようになりました。それって、この仕事をやったことと関係あるかもしれないです」

授業で正解を見つけた子供のように、得意気な表情で微笑んだ。あ、この子はけっこう八重歯がチャームポイントなんだな、と、私は新たに発見したのだった。

第九章　原発事故後、福島の風俗店は……

幸い、雪は降っていない。

二〇一四年一月、東京から東北自動車道を北上してきた私は、郡山《こおりやま》ＩＣから一般道へと降りるためにウインカーを出した。

一一年三月十二日の早朝に南相馬市へ入り、震災の取材を始めることになった私だったが、その後、福島県で取材をすることは極端に少なかった。

当時、十二日午後三時三十六分頃に、福島第一原子力発電所一号機で水素ガス爆発が起きた際には、すでに宮城県名取市付近を北上中だった。さらに十四日午前十一時一分頃の同三号機での水素ガス爆発の際は、岩手県の内陸部から釜石市の鵜住居町《うのすまいちょう》へと移動しているところだったのである。

その後も岩手県、宮城県の沿岸部の被災状況ばかりを取材していた私は、福島県で取材する機会を逸してしまったのだ。原発による被害を専門に取材する記者はすでにおり、そこに私の出番はなかった。

以降、私が福島と関わったのは、二〇一一年五月のいわき市小名浜《おなはま》にあるソープ街の取材と、同年十二月の南相馬市で最後まで残った避難所の、閉所式の取材だけだった。ソープ街の取材は本稿とも関わってくるものではあるが、そのときは街並みについてのみの取材であり、そこで働くソープ嬢へのインタビューまではおこなっていなかった。当時すでに何軒か細々と営業を再開している店舗があったものの、すべての店にお湯を供給していた施設が震災の影響で廃業してしまったため、個別に給湯用のボイラーを設置できた店のみが営業しているとの話だった。

やがてこのソープ街は十軒近くの店が営業を再開し、除染や原発の復旧工事に関わる作業員たちで活況を見せることになるが、私はソープランドを紹介する媒体を持たない。そのため〝表〟の取材ができないこともあり、縁を持てなかったのである。

間もなく震災から三年を迎えるというこの時期に私が目指したのは、郡山市にあるデリヘルの事務所だった。

事前のアポは取っており、週刊誌での〝表〟の記事を出すことが条件の取材だ。教えられた住所にカーナビの案内で着くと、そこは住宅街にある一軒家だった。

事務所兼待機所となっているのだろう。チャイムを鳴らすと出てきたのは若い女性である。こちらが名前と用件を告げると、すぐにオーナーへ取り次いでくれた。

玄関に姿を現したオーナーのアカマツさんは、三十代後半くらいだろうか。青年実業家といった雰囲気で、スーツの似合うなかなかのイケメンである。私は事務所を見回しながら切り出した。

「こちらの店は、震災後の再開はいつ頃だったんですか？」

「事務所じたいは三月の終わり頃には開けてたんですよ。だけど当時、まだ電話があまり繋がらなくて、ほとんどかかってこなかったんですね。だからお客さんが何回も電話をかけ直して、運良く繋がったときにだけ案内するという具合でした」

座ることを勧められ、ソファーセットで向かい合った。

「女の子はどういう状況でしたか？」

「一応、全員とは連絡がついたんですよ。三月十一日の当日に出てきた子も、かなりいました。やっぱり家に一人でいるのが不安だったんでしょうね。ただ、女の子のなかには家を流された子とかもいて、そういう子は県外に引っ越していったんで、来なくなりましたね。あと、原発事故で立入禁止区域のなかに住んでた子もいましたけど、そうした家ってけっこう東電からおカネが入ったじゃないですか。それでやっぱり県外に出ていったりということもありました」

一人暮らしの女の子たちは例外なく事務所にやって来て、スタッフと一緒に共同生活を送ったという。

「二週間くらい一緒に過ごしましたかねえ。道路は使えないしガソリンは手に入らないでしょ。遠くの子とかは帰りたくても帰れないんですよ。郡山市内はガスと水道は止まりましたけど、電気は大丈夫でした。それでみんなで分散してスーパーに並んだりとか、あと知り合いに紹介されて、山形まで食料やミルクやオムツを買い出しに行ったりもしました。四人で一台の車に乗って、荷物をぎゅうぎゅう詰めにしての移動でしたね」

アカマツさんは懐かしそうに振り返る。その話しぶりだけだと、合宿生活のような、楽しい思い出話に聞こえてしまう。

「ほかと違って、うちは仲間意識が強いんですよ。女の子とスタッフも仲がいいし……」

店のある地域で電話が完全に復旧したのは、四月になってからだったという。

「それで四月半ばくらいから、すごく店の電話が鳴るようになりました。もう、それからはお盆までお客さんがひっきりなしで、女の子が足りない状況でしたね。お客さんの多くは、復興作業のために県外から来た人たちです。郡山はいわきよりも線量が高かったんで、とくに除染関係の人が多いんですよ。その関係者はいまだに来ています」

じつはその時期、客が増えたにもかかわらず、新たな難問が生まれていた。

「震災から一年間は、ほとんど働きたいっていう女の子が来なかったんですよ。しかも、さっき話したように県外に出ていく女の子もいたわけでしょ。だからうちもちょっとずつ女の子が減っていきました。昔から営業してた店で、女の子がいなくて潰れてしまったところもあったくらいです。それとは逆に、お客さんが多いことを見越して東京や仙台といった、県外から出店してくる業者も増えていました。そういうところは、女の子も地元から連れて来てるから、なんとかなったんですよ。いまでも残っている店がありますね」

アカマツさんによれば、女の子がふたたび集まり始めたのは、震災から一年半ほど経ってからだったらしい。

「とくに子持ちの女の子が増えましたね。県内には復興関係の仕事はありましたが、それ以外は不景気になったところが多かったんです。農家に嫁いでる女の子とかもいましたけど、風評被害で大変だとかね。あと、ダンナの給料が減らされてとか、そういう理由でやってくる女の子も少なくなかったですね」

だが皮肉なもので、女の子が集まってくるようになると、それに反比例するかのように、今度は客入りが減ってきたのだそうだ。

「まあ、うちは昔からのお客さんとかもいるから大丈夫ですが、原発事故に関連して住人が減ったことの影響が、ボディブローのように効いてきている感じですかね」

そう口にするとアカマツさんは立ち上がり、これから取材できる女の子を呼んでくるように、隣室のスタッフに伝えた。

今日取材できるのは、人妻だという。私は立ち上がり、彼女が部屋に現れるのを待った。

ノックの音がして扉が開くと、紺色のスーツを着た女性が入ってきた。栗色の巻き毛のゴージャスな雰囲気の女性だ。もし着ている服がスーツではなくドレスであれば、キャバクラで働いていると紹介されても違和感がないだろう。

「サキさんです。奥に個室があるんで、取材はそちらでしてください」

「わかりました。まだ外が明るいんで、先に外で撮影してからインタビューします」

アカマツさんにそう告げると、私とサキさんは連れだって部屋を出た。

瓦礫が重なり、震災の爪痕がわずかに残る路地で、掌で目を隠した彼女を撮影した。ファインダー越しに見たサキさんは、ひざ上のスカートから黒いストッキングに包まれた細い脚が伸び、さらに黒いピンヒールを履いていることで、そのシルエットの美しさが際立つ。人妻、という定型のイメージからは、少し離れている印象を抱いた。

「サキさんはいつからこの仕事を？」

「この仕事は一年くらい前、去年（二〇一三年）の三月からです」

「風俗はそれが初めて？」

「いや、若いときに仙台でやってました。デリで一年くらい。二十四歳の頃ですね」

聞けば、店では三十歳と紹介されているが、実年齢は三十四歳だという。簡単に屋外での撮影を終えると、二人で事務所内にあるパーティションで仕切られた個室に入った。

「どういう理由でふたたび風俗で働くことにしたんですか？」

「うーん、ぶっちゃけて言えば、今回はおカネのためですね。借金とかじゃなくて、いろいろ生活費とか子供とかにおカネがかかるんで……」

「お子さんは何歳？」

「子供は二人います。三歳と六歳で、両方とも男の子です。ただ私、子供がいることはお客さんには隠してるんですよね。何回も会って仲良くなれば言いますけど、最初は伏せときます。やっぱり『子供いんの？』って引かれることもありますから……」

大きな瞳に加え、まつ毛にマスカラを〝盛った〟顔をこちらに向けて言う。彼女の入店が震災から二年後ということで尋ねた。

「風俗で仕事を復活させたことと、この前の震災って関係ありますか？」

「えーっ、うーん、とくにあんまり関係はないと思うんですけど。でもまあ、地震のときは家族としての絆は強くなったと思います」

「地震のときはどちらに？」

「郡山にいました。そのときは外で子供と三人でご飯を食べてました。とりあえず子供がちっちゃかったので、身動き取れなくて……。ラーメン屋さんにいたんですけど、みんなバーッと外に逃げていったんですね。けど、私たちだけ取り残されちゃって……。地震が落ち着いて外に出て、当時はタクシーで動いてたんですけど、タクシーも呼べなくて、ラーメン屋さんの従業員の方に家まで送ってもらったんです」

「それからは家で避難してたんですか？」

「いや、電話が繋がらないし、余震もひどかったんで、落ち着くまでずっと外にいました」

ここでサキさんの夫について質問した。

「ダンナは不動産関係のサラリーマンです。すぐに戻って来てくれて、一緒に近くの避難所になってた町の体育館に避難して、そこで一晩過ごしました」

「その当時は、風俗で働くというイメージはなかったわけですよね？」

私の言葉に彼女は頷く。

「では、約一年前はどうしてふたたび風俗で働くことを考えたんですか？」

「とりあえずいろいろ落ち着いたじゃないですか。じつは、ダンナとも性格の不一致みたいな感じで、離婚しようかと思ってて……。もともと、そういう感じがあったんです。ただ、震災のときに結び付きが固くなったんですけど、やっぱりいざふつうの生活に戻って過ごしてしまうと、そういうことを忘れてしまうんですね。現実が見えてくるんです。で、離婚したいから、おカネ貯めようかなって思って、この仕事になりました」

どうやら、彼女が最初に話した「生活費とか、子供におカネがかかる」ということよりも、こちらのほうが本心のようだ。私は言葉を付け足した。

「郡山は線量とかも高いから、小さい子供を育ててると不安もあるでしょうね」

「そうですね。その不安とかもありまして、やっぱり県外に行こうかなって考えました。

それは震災後すぐに思ってました。ここは危ないのかなって……」

「だけど実際に動かなかったのはどうしてですか？」

「うーん」

サキさんは腕を組み下を向いた。そして顔を上げて言う。

「正直なところ、おカネもかかるし、動くに動けなかったんですよね」

「郡山だと、東電からおカネとかは？」

「あ、出ましたね。震災の半年後くらいでしたかねえ。全部で八十万円くらいです。子供の数と、あと私、その当時妊娠してて、原発のことがあって、子供を堕《お》ろしちゃったんですね……」

「え？」

私は思わず声を出していた。

「地震からちょっとしてからの時期です。原発事故の不安というのがもちろんあったし、あと、ふいにできちゃった子っていうのもあったから……」

「妊娠は前からわかってたんですか？」

「地震の前からわかってました。堕ろしたのは妊娠三、四カ月くらいの時期でしたね」

そのことと夫と別れたいという気持ちに関連はあるのだろうか。私はストレートに離婚を考えた理由について尋ねた。

「なんだろ？　うーん、なんか一緒にいて、もう高め合えないというか、尊敬できない感じになっちゃったんですね。自己中心的な部分とかあるし……」

「年齢は？」

「ダンナは三歳上です」

「さっき、震災が起きた直後は結び付きが固くなったって話をしてましたよね」

「ああ、そうですね。あのときはいろいろ不安だったし、一緒にいてよかったっていう思いもあったんです。でもその反面、福島に嫁に来るんじゃなかった、みたいな気持ちもありました」

そう口にすると、サキさんは苦笑いを浮かべた。私は訊く。

「嫁に来るんじゃなかったっていうのは、それは原発のことで？」

「そうですね。最近は放射能への不安は、震災当時よりは薄れてきてるとは思いますけど、やっぱりどっかで、私たちは大丈夫でも、子供は可哀想だってのがあるんですよね。だからいまでも福島県産のものと、県外のものが売ってたら、県外のものを買って食べるようにしたりとか、そういう部分があります」

ここで彼女と夫との話を整理するために、二人の出会いを聞かせてくれと頼んだ。

「ダンナとは仙台で出会いました。私がキャバクラで働いてるときに知り合ったんです。私は秋田出身なんですけど、けっこういろんなとこを転々としてて、十八歳で秋田を出てまず東京に行ったんですね。そのときはアパレル関係の仕事でした。販売をしながら、夜に六本木のキャバクラで働いてました」

私はうん、うん、と頷く。

「それから、二十二歳くらいで大阪に彼氏ができて、大阪に行ったんです。その彼氏というのが洋服屋さんをやってたので、そこで働きました。でも、それは半年くらいで関係が終わって、それからまた東京に戻って、六本木のキャバクラで一年くらい働き、それから仙台に行ったんです」

「それはいくつのとき？」

「二十四歳のときでした。仲のいい友達が仙台に住んでて、その子が一緒に住もうよって、ルームシェアをしてたんです。仙台でもキャバクラで働いてましたけど、私、ホストにハマっちゃったんですよ。それで借金をして、風俗をやり始めたんです。借金は百万円くらいでしたけど、それは一年で返し終わりました。じつはそのときにいまのダンナと付き合ってたんです」

「ご主人は、風俗のことは知らなかったんですよね？」

「知りません知りません。で、二十六歳のときに結婚しようって言われて、福島に行くことになったんです」

「キャバクラで働きながら、同時に風俗で働くのって、大変じゃなかったですか？」

「もうほんと、あのときはつらかったですね。なにより、まだ結婚前でしたけど、ダンナにバレないようにするのが大変でした」

そこで私は質問を加えた。

「ちなみに、そういう経験から、困ったときはデリがあるっていう思いはありますか？」

「そうですね。やっぱりそういう思いはあります。風俗は自分で時間を決められるし、あと、女が自分一人でおカネを稼ぐという面でも、効率がいいんですよね。いまは夜九時から午前一時まで働いてます」

「その時間については、家族にはなにをやってると？」

「ダンナは知ってます」

「ええっ！」

思わずここでも声を上げてしまった。サキさんはこちらの目をまっすぐに見て言葉を続ける。

「別れたいとかって言ってたじゃないですか。だから、もういいやと思って、ダンナに風俗で働こうと思うっていうことを話したんです。ただ、そうはいっても、もし『ダメ』って言われたら、やめようと思ってたんです。でも、『ダメ』とは言われなかったんで。ははははっ」

彼女は明るく笑った。そうやって笑い飛ばすしかないという種類の笑いだ。

「そこでご主人はなんて言ったんですか？」

「えーっと、『いいとは言わないけども、そういうので働いて稼いだほうがおカネもいいし、男の自分が夜、別の仕事に働きに出るよりも効率がいいから、そうしたほうがいいかもね』みたいな……」

「どう思いました？」

「ショックでしたね。あんたが働いてよって思いましたけどね」

「それでまた気持ちが離れるよね……」

私はつい敬語を忘れて相槌を打った。

「そうなんですよね……」

サキさんは私から目を逸らし呟く。

「いざ風俗で働き始めて、ご主人は仕事の内容について聞いてこないですか？」

「あ、なにも聞かないです。もう、一切聞かない」

「お子さんの面倒は？」

「その時間はダンナが見てます」

ふと、頭によぎったことを質問した。

「ご主人と夜の生活ってなくなりました？」

　すると彼女は「ふっ」と息を吐き、微苦笑を浮かべた。

「いや、あるんです。いまも定期的ですね。月に二、三回くらい。これは前から変わりません」

　先にアカマツさんから聞いていた、震災一年半後からの、女の子の求職理由を思い出して私は訊いた。

「ちなみに、ご主人の給料が減ったとか、そういうことはありましたか？」

「あ、それはありますね。震災後に減りました」

「どういう理由で？」

「やっぱり、不景気ということですかね。月に五万円くらい減りました」

「前に東電から八十万円が支払われたと言ってましたが、その一回だけでした？」

「いや、一回目の支払いの半年後とかにも東電から二回目の支払いがありました。でもそれは十万円もいかなかったですよ。たしか八万円くらいでした。やっぱり一回目は妊娠してたという事情があったんで……」

「風俗で働くきっかけを説明したとき、生活費のことを口にしてましたよね。それは、どこかに借金をしてしまいそうなくらいの状況になってたんですか？」

「あーっ、そう、です、ねえ。借金しようかなとも考えましたけど、昔、けっこう大変な思いをしたんで、借金には抵抗があって……」

過去に借金返済を迫られたとき、よほど嫌な思いをしたのか、サキさんは言葉を濁した。そこで私は話の流れを変える。

「久しぶりに風俗に復活して、どうでした？」

「やっぱり最初は嫌だなって気持ちがありましたけど、おカネのために働いてるから、頑張んないとって……。お客様を喜ばせてるかなって実感し始めたのは、三カ月くらい経ってからですかね。自分でも楽しめるようになったのもそれくらいの時期です。私、仕事でお店に出ているときは、ちょっと大人で、妖艶な感じに見せようとしてるんですね。そうやって、プライベートと仕事とを分けようかなって……」

彼女の入念なメイクと〝オトナの女〟を感じさせるスーツスタイルは、普段と違う外見にすることによって、「風俗の時間はあくまで仕事だから」と、自分を守るためなんだな、と納得した。続いて私は、サキさんが働く現場について話を向けた。

「やって来るお客さんって、やっぱり復興関連の人が多いですか？」

「あ、けっこういますね」

「復興関連の仕事のなかで、具体的にはどんな職種の人たちですか？」

「中心は除染現場に作業員として入ってる人たちです。地域でいえば、関西とかから来てる方が多いですね」

「そういう人たちは、ほかのお客さんとくらべて、なにか特徴ってあります？」

「うーん、若干羽振りがいいですね」

「チップをはずんでくれるとか？」

「それも時々ありますけど、わりと百二十分とかロングのコースを選ぶ方が多いんです」

「なにか、除染の仕事については口にしてますか？」

「汚いしつらいっていうことをよく聞きます。やっぱり大変そうですね」

除染作業で郡山市に来て、彼女が働く店を利用するという客の年齢はまちまちで、二十代後半から五十代くらいまでいるそうだ。

「私が店に入ったのは一年前ですけど、除染関係の人は月に五人くらいとかですね。で、そのなかで常連になってくれる人がいたりとか……。そういう人たちはウィークリーマンションみたいなところに住んでます。そこに呼ばれることもあれば、ホテルを利用する人もいます」

「いろんなお客さんが来たと思うんですけど、津波の被害に遭ったというお客さんとかもいましたか？」

「あ、いらっしゃいましたね。宮城から来た方で、家もまわりも流されちゃって、大変な思いをしたっていう話を聞きました。その人は『こうやって福島に遊びに来て、デリ呼んで、息抜きをしてるんだ』と話してましたね」

「いくつぐらいの人でした？」

「五十代くらいですかね。その人はたしか気仙沼の人です。友達が福島に住んでるから、たまに遊びに来るんだと言ってました。あとほかに、家族は大丈夫だったけど、家のまわりのおばちゃんとかが亡くなったという人もいました」

「そういう被害に遭った人たちとは、どういう流れでそういう話になるんです？」

「やっぱりまず、どっから来たんですかとかってなるじゃないですか。で、気仙沼と聞いて、『ああ、気仙沼って大変だったんじゃないですか』とかって返すと、向こうから話してきますね」

　サキさんは時折指に長い髪を巻きつけながら、淡々と答える。

「そういう話を聞いて、どう感じますか？」

「私もその当時のことを思い出しますし、つらいだろうなって思って、ちょっと泣きそうになります。思い出すと、ぐっとくるものがありますから。どうなっちゃうんだろうっていう不安な思いで何日間か過ごしたんで……。怖いというのがあったんでしょうね」

「原発で働いてる人とかはいました？」

「あ、一人だけいらっしゃいました。最初から福島の原発で働こうと決めて、地方から来たそうです。二十代後半の人で、福島第一原発の構内で働いてる人でしたね。『なかはぐちゃぐちゃで、まだまだかかる』と言ってました」

そろそろ〝表〟の取材のために、下着姿の撮影をしなければならない。私は締めくくりのための質問をした。

「いまやってる仕事はどのくらい続ける予定ですか？」

「そんなに長く続ける気はなくって、ある程度おカネのめどが立ったらと考えてます。子供の教育費とか、離婚後のおカネとか……」

「もし離婚したら、福島から離れます？」

「やっぱり離れちゃうと思います。さっき福島に嫁いできたことを後悔したっていう話をしましたけど、その気持ちがどうしても消せないんですね。やっぱり子供を守りたい気持ちがありますし、離婚すれば福島に留まる理由はなくなりますから……」

それは福島に住み、福島を地元に持つ人々にとっては耳にしたくない言葉だろう。だが、彼女がそういう意志を持っているという現実は、消すことのできないものだ。

私は取材ノートを閉じ、ＩＣレコーダーのスイッチを切った。

「わかりました。では、これから撮影しますんで、下着姿になってもらえますか」

「はい」

撮影の準備を始めると、サキさんは立ち上がり、スーツの前ボタンに手をかけた。

第十章 「忘れてほしくないんだよね」

郡山での取材を終え、仙台を経由して石巻へと向かう途中、高速道を松島海岸ＩＣで降りて海岸線を北上することにした。この道も、もう何度となく繰り返し通った道だ。

震災から二年十カ月が経ち、すっかり復旧している場所もあれば、津波で丸坊主にされた土地に草だけが生い茂っている場所もある。また、沿岸部に目をやると護岸工事が進められており、道路脇の住宅地では普請中の建物がいまだに数多い。

まだまだ途中、だが、ゆっくりと前には進んでいるという景色である。

今日はこれから石巻市で、週刊誌の記事に使用するための写真撮影をおこない、そのまま宿泊する予定になっていた。撮影とはいっても屋外でのイメージカットのみであり、インタビューの予定はない。

待ち合わせ場所であるホームセンターの駐車場には、先に相手の車が到着していた。私は車を降りて近づき、声をかける。

「どうもご無沙汰してます。とはいえ、今回は前の取材から二カ月ちょっとしか経ってないですけど……」

「ああ、こんにちは。そうですね。たしかに間が空いている感じはしませんね」

そう口にすると、ユキコさんは笑顔を見せた。昨年十一月に私が彼女から聞いた内容を使用させてもらい、郡山のサキさんなどと一緒に登場してもらう記事を企画していた。そのため、屋外で撮影した新たな写真が必要だったのである。

「じゃあ、私の車で動きましょう」

彼女の車を駐車場に残し、助手席に乗せて移動することにした。

「まだ震災の爪痕が目に見えて残る場所って、どこらへんですかね？」

私が尋ねると、ユキコさんは顎に掌を当てて考え、答えた。

「門脇小学校のあたりには、まだそのままの場所があったと思いますよ」

津波に襲われ、同時に火災にも見舞われた門脇小学校の校舎は、前回来たときには、工事のため表に足場が組まれ、全体をネットで覆われていた記憶がある。その周辺の住宅があったあたりは、ほとんどが家の土台だけを残して更地となり、ススキが生い茂っていた。

「わかりました。じゃあそこにしましょう」

太陽が徐々に傾き始めていたこともあり、私は即決して門脇地区へと向かうことにした。

「お店には変わらず出てますか？」

「そうですね。まああんまり無理をしない程度に出るようにしてます」

前回の取材と同じ服装でということで、ワインレッドのジャケットに黒いスカート姿のユキコさんは、正面を向いたまま答える。

「ユキコさんの目から見て、町の復興って進んでます？」

いやいや、というふうに彼女は掌を胸の前で振った。

「町の中心部はそれなりに整備されてきましたけど、ちょっと外れるとまだまだですよ。見てわかるように手をつけてない場所もいっぱいありますしね」

たしかに、荒れ野のような状態で残されている土地が目につく。ユキコさんは続けた。

「まあ、あれだけひどい状態でしたからね。そんなに簡単に元に戻そうったって、できないですよね」

車は門脇地区へと入った。前回はまだ緑色の部分もあった雑草が、すべて茶色になっている。言い換えれば、それくらいしか変わっていない。小学校の校舎もネットで覆われたままだった。

「では、ここにしましょう」

元は家の土台だった部分がむき出しになっている場所を選び、車を停めた。枯れ草が生い茂り、その間には片付けられていない瓦礫が転がっている。

やや赤みを帯びた西日が当たるなか、ユキコさんに片手で目の部分を隠してもらい、撮影することにした。時折、海の方角から風が吹き、彼女の長い髪を揺らす。

周囲に人影のない朽ちた景色を背負い、凛々《りり》しく一人で立つ姿をファインダー越しに覗いたとき、「なんか、かっこいいなあ」と思わず口にしていた。

もちろん、コントラストの妙に心を奪われてしまったということもあるだろう。なにしろ、荒涼とした平地にたたずむワインレッドのジャケットを着た彼女の姿は、無色のなかにある唯一の色彩なのだ。すべてを奪われた景色のなかで、そこにだけ希望があるような気にさせる。

だが、それだけではない。やはり、彼女はさまざまな現実を乗り越えてきたのだ。だからこそ、一人で立つ姿に清々《すがすが》しい逞《たくま》しさを感じるのだ。

私は息を止め、何枚もシャッターを切った。

＊

夜になり、石巻市内の焼き鳥屋に顔を出した。いつも立ち寄る馴染みの店である。

「おうっ、久しぶりだなあ」

偶然、そこに居合わせたナカムラさんが手を上げた。二年前の二〇一二年一月にこの店で会い、私が風俗嬢の取材をしていることを口にしたところ、「風俗なんて取材したって、仕方ねえべ。こういう時期なんだから、もっと社会の、被災地のためになることを取材してくれっちゃ」と苦言を呈されて以来の再会だった。

「ナカムラさんも変わらずにお元気そうで」

「いやいや、そんなことねえよ。石巻とおんなじで黄昏《たそが》れてるよ」

そう言うと、にんまりと笑顔を浮かべる。私は隣に座り、出てきたビールで乾杯した。

「最近の石巻はどんな様子ですか？」

「そうねえ、やっぱり震災前とくらべて活気がないねえ。人が無気力になってるのも目立つんだよね。相変わらずパチンコばっかりしてたりね……。そんなんじゃダメだべ」

しばらくは現状への不満が口をついて出た。やがて、「今回はなんの取材で来たんだ？」と聞かれたので、私は覚悟を決めた。

「すんません。じつは前回怒られた風俗嬢の取材。あれをまだ続けてるんですよ。それで石巻にやって来ました」

「ああ、そう……」

ナカムラさんが怒るのではないかと危惧したが、彼の表情に変化はない。そして続けた。

「俺、前になんか怒るようなこと言ったっけ？」

「いやいや、風俗とかを取材するくらいなら、もっと町のためになることを取材しろって、言ってたじゃないですか」

するとナカムラさんは大きく笑った。

「ああ、ああ、たしかにそんなこと言ったなあ。いやいや、失敬失敬。いや、いいのよ。風俗でもなんでも石巻のことを取材してくれるのなら。もう、どんどん取材して」

「ええっ、そうなんですか？　なんか心配して損したなあ」

「ははは、あのねえ、いまはさ、全国のみんなが石巻のことを忘れてるんじゃないかってことのほうが、不安なの。なんかもう、震災が遠い昔のことみたいになってる空気を感じるのね。だから風俗の取材であっても、石巻を取り上げて話題にしてもらえるのは嬉しいことなのさ。だからさ、いっぱい話題にして」

その後もナカムラさんは事あるごとに「忘れてほしくないんだよね」と繰り返した。それは、地元を愛し、地元が昔のような活気を取り戻すことを切望する彼の本音なのだろうと思った。私はナカムラさんに別れを告げて店を出ると、夜道を歩きながら、頭のなかでぐるぐるとまわっていた歌を口ずさんだ。フォークシンガーの高田渡《たかだわたる》がマリー・ローランサンの詩（堀口大學・訳）に曲をつけた『鎮静剤』という歌だ。

〈……追われた女より、もっと哀れなのは、死んだ女です。死んだ女より、もっと哀れなのは、忘れられた、女です……〉

よし、今夜は倒れても倒れても、自分の足で立ち上がろうとする人の店をまわっか……。

私は、石巻市の中心部でいち早く店を再開させたあのママがいるスナックの明かりを目指して、足を速めた。

＊

翌日、私は石巻河南《かなん》ＩＣから三陸縦貫《さんりくじゅうかん》自動車道を使って北上し、登米東和《とめとうわ》ＩＣで降りると、一般道で南三陸町《みなみさんりくちょう》を目指した。

屋上に避難した職員三十人のうち、十人しか助からなかった、南三陸町の防災対策庁舎のすぐ近くを通る。三階建ての庁舎は鉄骨の骨組みだけが残り、正面にある献花台に花を手向けて手を合わす夫婦らしき中年の男女がいた。海から遮るものがなにもなくなった荒れ野には風が吹き、冬枯れの雑草を揺らす。

車を停め、庁舎の前に行って手を合わせて瞑目《めいもく》すると、すぐに国道四十五号線をひたすら北へと走った。やがて気仙沼市を通過して、陸前高田バイパスで気仙川《けせんがわ》を越え、陸前高田市へと入った。工事用車両はあるが、あまりにも失われた面積が広すぎて、まばらにしか感じられない。海辺に近い道の駅「高田松原《たかたまつばら》」の建物の周囲は片付けられ、外周には立ち入り禁止を示すロープが張られている。がらんとして誰の姿も見えない。

ふと、一一年三月十七日に初めてこの区画に入ったときの情景が頭に蘇った。そこでは川口《かわぐち》や川越《かわごえ》、上尾《あげお》といった埼玉県の消防隊員と、地元である陸前高田市の消防団による、遺体捜索作業が続けられていたのだ。

私ともう一人のカメラマンが駆けつけ、その作業を見守り撮影した。泥だらけの路上には、毛布をかけられた遺体がいくつも並び、彼らは亡骸を毛布やブルーシートでくるんでは、キャタピラのついた作業車の荷台に載せ、安置所へと運んでいた。

やがて、我々の撮影を見咎《みとが》めた消防団員の一人が血相を変えて私たちのもとへと駆け寄り、声を荒らげる。

「おめたち、ここは緊急車両以外は立ち入り禁止になってる場所でねえのか。手前の道に看板があったべ。どっから入り込んだんだ」

「すみません。じつは私たちも『緊急』の標章を持ってるんです」

それは、警察が正式に発行したもので、車のフロントガラスの内側に掲示していた。私の言葉を聞いた消防団員は、なんでこんな奴らにとの思いもあったのだろう。「ああっ」と嘆きの声を上げて天を仰いだ。

とにかく、すべてを記録しておかなければならない、との思いだけだった。だが、あのときの消防団員の呻《うめ》き声と姿は忘れることができない。

私は、どうするべきだったのだろうか……。自分のやってきたことの、善悪の区別がつかない。ただ正体のない罪悪感のみが湧き出てくる。

空っぽになってしまった陸前高田市中心部の景色を車窓越しに眺めながら、それからも車の運転を続けていくつもの町を抜け、やがてQ市に到着した。

ここで私は、一一年四月に取材をしたものの、翌日になって記事にすることを断られたヒトミさんと、再会することになっていた。

＊

「あら、あなた、どこかで見たような……」

待ち合わせ場所のラブホテルに現れたヒトミさんは、私の顔を見て目を丸くした。今回の取材は、彼女が所属する店を通して申し込んだものだ。店のことを紹介する〝表〟の記事を出すのならばということで、了解を得られたのである。私は驚きの表情を浮かべた彼女に取材に至る流れを説明してから、気になっていたことを尋ねた。

「ヒトミさんは今回、どういうわけで取材を受ける気になったんですか？」

「取材を受けるようにって、お店から言われたんで……。それならということで、仕事の一環として受けることにしました」

以前、取材を申し込んだときは、客を装ってヒトミさんを呼び、店を通さずに取材の交渉をした。その場で話は聞かせてもらえたが、彼女は翌日になって、「ちいさな町のことですし、いろいろ噂が立っても困るもんで……」と記事の掲載に断りを入れてきたはずだ。だが、今回その言葉はない。つまり、前回は一般客を装って接触したことで、余計に警戒されてしまったということである。最初から店に連絡を入れて、正面から正攻法で突破したほうがよかったということか……。改めて己の不明を恥じた。

私は目の前に座る彼女に切り出す。

「たしかヒトミさんは、津波のときは高台にあるアパートのベランダから、街が呑まれる光景を見てたんですよね」

「そうですね」

落ち着いた口調で言葉が返ってきた。深緑色のインナーに灰色のジャケットを着た彼女は、白と黒のストライプ柄のミニスカートから伸びた黒いストッキングの脚を揃え、その上に両手を置いた姿勢を崩さない。

「まず地震そのものがすごい揺れで、それから防災無線で二、三十分後に津波が来ると言ってたんですけど、私は動かずにいようと思い、留まったんですね。そうしたら眼下に波がバーッと来て家が流されているのを見て、『あ、波なんだ。家が流されていくんだ』とショックを受けました。ただ、そうはいってもまるで現実感がないんです。だから驚きは次の日のほうが大きかった。すっかり破壊された街を見て『なんだこれ……』って。それから日が経つにつれて、これは現実の出来事なんだっていう気持ちが増していきました」

同じ市内の内陸寄りに母親の暮らす実家があったが、途中の道路が通行止めになっていて訪ねることができないため、アパートの部屋にずっといたのだという。

「私のいた地域では、ガスや電気が復旧したのは三週間後、水道は四週間後でした。お米とかは家にあったんで、それをカセットコンロで炊き、それ以外の水とかの生活物資は避難所に行ってもらったりしてました。当然、暖房なんかないし、雪が降ったりした日もあったんですけど、布団をかぶって耐えてました。それで明かりもないから、夜になって暗くなったら寝るという生活を繰り返したんです」

そのときの被災経験は、これまでの価値観を変えたとヒトミさんは口にする。

「死が身近になったというか、生と死は薄い紙の裏表だと思ったんです。人っていうのは一瞬で命が終わる。それならば自分がやりたいように生きたほうがいいし、そうしないと人生に悔いが残ると思いました」

そのためには先立つものが必要だと思ったというのが、風俗での仕事に復帰するきっかけとなったそうだ。

「お店からは私の安否を心配する電話が入ってたんですね。でも、じつは地震が起きる前に私はこの仕事をやめようと思っていたから、返事はしなかったんですよ。だけど徐々に心境が変わったでしょ。それで四月に入ってからお店に電話を入れて、こういう状態だけど『元気でいます』と伝えたんです。『もう仕事に出られますので、なんかあったら電話ください』って。それで四月十一日に仕事の依頼があって、それから復帰したんです」

「震災前とあとで、なにか変わった点はありましたか？」

「うーん、私自身の心構えが変わりましたね。いままでは接客のときに、自分からいろいろ話すほうだったんですけど、まずは相手の話を聞くようになったんです。やっぱりいろんな体験をした方がお見えになるじゃないですか。話したい方もいれば、そうじゃない方もいる。だからまずは相手がどういう方かを見極めて、それに合わせて接客するようになりました。そうこうしていくうちに気付いたんですけど、ああ、この仕事って看護師さんと同じような部分があるんだなって……。よく、帰り際にお客様から言われるんですよ、『今日は癒やされた』って。ああ、この人の癒やしになってよかったたって、すごく嬉しくなっちゃいますね」

以前は個人で化粧品販売の仕事をしていたというヒトミさんだが、営業の売り上げが落ちたことで経済的に困窮し、風俗の扉を叩《たた》いたのだという。

「当時、化粧品販売とスナックでの仕事を掛け持ちしてたんですけど、まさか自分が風俗の仕事をやるなんて、まったくイメージしていませんでした。だけど背に腹は代えられないでしょ。そこで〝女は度胸〟だと思って、思い切ることにしたんです。とはいえ、実際はもう心臓をバクバクさせながら、風俗情報誌を見て、いまの店に電話を入れました」

仕事に慣れるまで数カ月の時間が必要だったそうだが、いつしか日常の一部になっていたと語る。

「ただ、やっぱりおカネのために嫌々やってる仕事だったんですよね。だからさっきも話したように、一度はこの仕事をやめようって考えていました。震災をきっかけにして、そうした意識をいまのように変えられたので、ある意味よかったと思ってます」

これまでほかの女の子たちから話を聞いていたのと同じく、彼女も復帰後しばらくは忙しい日々が続いたそうだ。そこで私は質問する。

「復帰後、もっとも印象に残っているお客さんは、どういう人でしたか？」

「うーん……」

ヒトミさんは腕を組んでしばらく俯《うつむ》いて考えたのち、顔を上げた。

「三十代のお客様で、消防士の方でした。その方は他県から応援で来てたそうなんですけど、ずっとQ市で遺体捜索をやっていると話してました。そこで、もう原形を留めずに誰だかわかんないような遺体だとか、胴体がバラバラで足しかなかったり、首がないとか……。火事になったところでは空襲のあとみたいに黒焦げになってたりとか……。そんな状況のむごい遺体をいっぱい見たと話していました。そのときに、『すっかり麻痺してしまって、涙が出てこない。今回の仕事で人生が変わった』と、すごく疲れた表情で口にしていましたね。私はなにも言えなくて、ただ話を聞いて相槌を打つことしかできませんでした」

私は無言で頷く。ヒトミさんは続ける。

「まあでも、実際に家族を亡くしたという話は聞いていません。そういう経験をしたけど話さないという方はいたかもしれませんけど、私にはわかりようのないことですもんね」

「たしかにそうですね。ほかにはどういうお客さんがいました?」

「津波の瓦礫のなかで五百万円の現金を拾ったという方がいましたね。ちなみに、そのお客様は警察に届け出たそうです。あと、地震のときは仕事で栃木に行っていて、車で十二時間かけて帰ってきた方とか、被災して今度お見舞い金が出るので、それで家を建てるという方とか……」

やって来た客は地元よりも、復興支援や工事のために県外からという人のほうが多かったと彼女は振り返る。

「それこそ北海道から九州まで、バラバラです。それはいまも続いていて、自分の素性を言わない人も多いです。そんなとき、私から余計なことは尋ねないようにしています。私が口にするのは冗談ばかりですね。こういうところにやって来て暗い気持ちにさせてはいけないと思ってますから。お客様がプレイに集中して、楽しい気持ちで帰っていただけることを心掛けてます」

　これから屋外での撮影が控えているため、そろそろ取材を終わらせる必要があった。そこで私はヒトミさんに切り出す。

「あの、外で撮影したいんですが、Q市の街なかでどこか津波被害の傷跡が残ってるところってありませんか？」

「ああ、そういう場所ならありますよ」

　あっさりと答えが返ってきた。ヒトミさんは自分の車でやって来ているというので、彼女に案内してもらい、私の車と二台で連なって向かうことになった。

　ラブホテルを出て街なかをしばらく走ると、港の近くに廃墟《はいきょ》のようになった建物の集まる一郭があり、彼女はそこで車を停めた。視界に入ったビルの一階は、津波がやって来たときにくり抜かれたのだろう。鉄骨だけがむき出しになっている。

「隣の更地になってる場所にはもともと工場があって、このビルはそこの事務所とかが入ってたんですよ。でももうご覧の通りの状況で、誰もいなくなりました」

「このあたりは復旧しないんですか？」

「うーん、どうでしょう。あれだけの津波に襲われたら、やっぱり同じ場所でもう一度っていう気持ちには、なかなかなれないでしょうからねえ……」

　ヒトミさんは遠い目をして言う。私は廃墟となった建物の前で彼女に立ってもらい、シャッターを切った。

「街なかは変わってきましたか？」

「そうですね。住宅が建ってきましたし、会社関係も復活してきてますよ。まだ仮設（住宅）はいっぱいあるんですけど、災害公営住宅も建っていますし、そちらについては変化してきたと思いますね」

強い風が吹き、彼女は巻き上がる髪を押さえる。

「もう、海風を遮る建物がなくなったから、風が強くて……」

私は周囲の荒涼とした景色を見回し、たしかにその通りだと思った。さらに、わずかに残る街並みから察するところ、昔は交通量も多かった通りだろうに、私たちがここにやって来てから、一台も脇を車が通っていないことに気付いた。

「なかなか寂しい景色ですね」

そう思わず口にした。

「ほんとに。でも、自分が小さい頃から見てきた街が、こんな寂しい景色になってしまうなんて、誰も想像できませんよ……」

ヒトミさんの呟く言葉もまた、その場で強い風に運ばれて遥《はる》か彼方にまで持っていかれてしまうような、錯覚を抱いた。

第十一章　震災から五年、あの女の子はいま

仙台駅一番ホームに停車する列車は銀色に輝いていた。ディーゼルハイブリッドの新造車両の行き先表示板には、デジタル画面で「快速　仙石東北《せんせきとうほく》ライン」の文字。その表示は等間隔を置いて「快速　石巻」と文字が入れ替わる。二〇一五年五月三十日に全線が開通したばかりの、この新しい路線に乗るのは初めてだ。

いよいよ東日本大震災の発生から五年目を迎える年である一六年初頭、私はいつものレンタカーではなく、列車を使って石巻市へと向かった。列車が動き始めて三十分ほど経ち、山側に移転して新しくなった野蒜《のびる》駅に近づいたところで、車外に見慣れた景色が現れる。津波の直撃を受けた家屋は以前にも増して片付けられ、枯れ草だけの荒涼とした土地が広がっている。一四年一月以来、二年ぶりの訪問である。週刊誌の連載などに追われてまったく足が遠のいていた不義理を、窓の外に向かって詫《わ》びた。

石巻駅に着き、ホテルにチェックインして大きな荷物を置いた私は、ふたたび外に出てタクシーをひろい、ラブホテルの名前を告げた。そして到着すると一人で室内に入り、

携帯電話を取り出して電話をかけた。

「すみません、これからユキコさんを予約しているのですが……」

私はホテルの名前と部屋番号を告げると電話を切り、室内を見回した。二年ぶりの彼女はどうしているだろうか、なにか変化はあっただろうか……。雑誌の取材などではないため、客として通常の料金を支払い、話を聞かせてもらうつもりだった。有線をかけていない室内は静まり返っている。ポケットから煙草を取り出すと火をつけ、紫煙《しえん》の行方をぼんやりと目で追った。

＊

「こんにち……あら、小野さん……」

扉を開けた私の姿を見て、ユキコさんは驚きの表情を浮かべた。

「はい。二年ぶりにお話を伺えないかと思いまして」

「あ、そうなんですね。でも、前にお会いしてからもう二年も経ったんですか」

そう口にすると、彼女はブーツを脱いだ。今日のユキコさんはコートもセーターもスカートも、すべて黒一色だ。その姿を見て、彼女のイメージが変わっていないことに安心する自分がいた。私が「まず、これを」と時間分の料金を手渡すと、ユキコさんはそれを透明なケースに入れてテーブルの上に置き、店に報告のメールを打った。

「ところで、前に話を聞いたときの彼氏とは、まだ続いてますか？」

「あは、もうとっくの昔に終わりました。たしか前の取材を受けてから、そのすぐあとでしたね。向こうから私を誘わなくなってたし、疎遠になってたんです」

一瞬、誰のことだったか記憶をたどった様子だったが、すぐに照れの混じった笑みを浮かべ言う。

「次の彼氏は？」

「あははは、います。その、前の彼氏と付き合ってたときに、お客様だった人です」

「歳はいくつの人？」

「私より十歳下ですね」

「ユキコさんはたしか面食いだって話してたから、その人もハンサムな人？」

「あっはっはっは……」

ユキコさんは明るく笑いながら頷いた。

「その彼氏とはどういうきっかけで付き合うようになったの？」

「うーん、その話になると、当時の状況を話さなきゃいけないんですけど、じつは私、二年くらい前に店内でほかの女の子から嫌がらせを受けてたんですね。私より前に入っていた先輩の子と、私と同じ時期に入っていた子の四人グループから。それで当時は本気で店をやめようというところまで追い詰められていたんですけど、ネットとかの書き込みでなんか怪しいと思ったいまの彼氏が、私のことを心配して三時間半くらいかけて他県から会いに来て、慰めてくれたんです。なんか、車を運転してこちらに向かってくる途中で、彼自身が『俺、好きかも』ってハッと気付いたみたいで、慰めてくれたあとにコクられました」

彼氏のこと以上に店内でのいじめのことが気になった私は、まずその内容について教えてほしいと口にした。

「私は掲示板とかについては、自分の主義で一切書かない、見ないってことにしてるんですね。だけどお客さんが見ていて、いろいろ私に話してくれるんですよ。『おい、ユキコ、おめ、こんなこと書かれてるぞ』って。まあだいたいが、店外《てんがい》（デート）してるとか、カネ取って本番してるとかって内容でしたね。でも私、はっきりいってお付き合いすると決めた男性とは外で会うこともあるけど、やたらめったら店外っていうのは一切ないんですね。本番についても金額を口に出して誘ってくる人はいますけど、そういうのは嫌いなんで全部断ってるんです」

「ネット以外で、直接的な嫌がらせとかは？」

「それもありました。店の待機所にいたら、彼女たちがかわるがわる一人ずつ事務所に行って、スタッフさんとなにかを話してるんですよ。明らかに雰囲気がおかしいんです。

そういうことが一カ月くらい続いて、あるときスタッフさんから事務所に呼ばれて、『ユキコさん、なんかあそこ（待機所）居づらくねえか？』って訊かれたんですね。で、私も正直に『ああ、たしかに居づらいですねえ。変な雰囲気です』と答えたら、『ユキコさん、店外したり、ずるいようなことしてお客さんからカネをもらったりしてねえか？』って言われたんです。それを聞いてもう私、頭にきて……」

ユキコさんは憤懣やるかたない口調だ。

「それで『私、店外とか一切してません』と話し、『そういうことを言われてるなら、お店の電話にお客様の電話番号リストがありますよね。ここにオーナーと店長と、そういうことを言ってる女の子を呼んでもらって、目の前でお客様に電話して全部聞いてみてください』と、はっきり言ったんですよ」

その場は収まったそうだが、なおもグループによる嫌がらせは続いたという。

「その子たちは、私のお客様とかにも営業をかけて、盛んに悪口を言い触らしていたらしいんですね。で、あるとき見かねたお客様の一人が、店に電話を入れてくれたんですよ。『おめえんとこの女の子がひどいこと言ってる』って。それで私への誤解が解けて、一人の子がいったん出勤停止になったんです。で、やっと収まったと思ってたときに、もう一人の女の子が、私以外の女の子たちに嫌がらせをして、その年に入ってきた女の子六人くらいが、『あの先輩と一緒に待機所に居たくない』ってやめちゃったんです。

それで彼女はクビになり、居づらくなったのか、グループのほかの三人も自分からやめちゃって、すべての問題が解決しました。ほんと、女の人のなかにはそういう人もいるんですよね」

いや、それは男の世界でも同じ、と胸の内で思った私は曖昧に頷く。そして話題をふたたび彼氏について戻すことにした。

「さっきの彼氏の話ですけど、付き合うきっかけっていうのは、そういうつらい時期に親身になってくれたってことですか？」

「結果的にはそういうことになるんですけど、三時間半かけて来てくれたときっていうのは、私はまだその前の彼氏と別れたわけではなかったんですね。で、気晴らしに遊んでしまった時期もあるけど、だからといって付き合う相手については、自分のなかで、ちゃんと終わってけりをつけてから改めて、みたいな部分があるんです。だからコクられたときには、前の彼氏とは疎遠になっていたけど、『じつは……』って、付き合っている相手がいることを正直に話したんです。そうしたらいまの彼氏は『いいよ。でも俺がユキコさんのことを好きなのは心に入れといて』とだけ言ってました。ただ、それからすぐに、前の彼氏が新たに家を建てて、仕事も前の職場から独立して開業したことを知ったんですね。それで私から連絡を取って、『仕事に集中して頑張ってください』と別れを告げました。で、言い寄ってくれた彼氏の気持ちをお受けして、遠く離れてるから滅多には会えないけど、お付き合いすることになったんです」

「いまは彼氏とどれくらいの割合で会ってます？」

「うーん、一カ月か二カ月に一回ですね」

「最初に店で会ってから付き合うまでに、どれくらいの間があったんですか？」

「半年くらいですね。それから付き合って二年くらいですから、初めて会ってから二年半くらい経ってます」

　私はユキコさんの顔に目をやる。少なくとも、不幸を感じさせる色は滲《にじ》んでいない。そこで気になっていたもう一つの案件について切り出すことにした。

「ところであの、最近はご主人とはどうですか？」

　彼女はふたたび照れたような笑みを浮かべ言う。

「いや、べつに進展はないですけども……。でもふつうに仲良くしてますよ。いまは離婚とかは考えられないですね」

「それは、まだ子供のことがあるからですか？」

「いやいや、おかげさまで長男と長女は結婚したんですよ。そうなったらもう、そういうこと（離婚）を言ってる場合ではないし……。これから孫ができたときに、私は子供たちの支えにならなきゃならないんですよ」

「ええっ、息子さんたちも結婚ですか……」

二年という時間の経過を感じさせる変化だ。聞けば次女も高校卒業後の就職先で落ち着いているという。ユキコさんは穏やかな口調で続ける。

「まあ、震災前にあった離婚話は、震災後には一切口に出してないし、実際、そんなことを言ってる場合じゃない状況でしたから……。もう、いまはふつうに仲良し家族でやってますね。もちろんちょっとは不満はありますよ。でも、いまさらそれを蒸し返してもって気持ちになってて、ほんと、これっぽっちのことで、そんなことを言ってる場合じゃないぞって……」

私はふいの思いつきを言葉にした。

「あの、ユキコさんの家族の写真ってあります？　もしあれば見せてほしいんですけど……」

「ああ、スマホに入ってたかなあ……」

彼女はバッグのなかから個人用のスマートフォンを取り出すと画面を触り、スクロールを繰り返す。画面を見ながらユキコさんは語る。

「それとあとは、いまダンナの実家も避難してるんですよ。元の住まいは××なんですけどね……」

福島第一原発の事故で避難を余儀なくされた地域の名前を挙げた。

「その避難先で新築祝いを去年やって、そこにはダンナの兄弟とかも集まって――そういうところに行くと、やっぱり夫婦でいろいろあるけど、そんなことを言ってる場合じゃないって気持ちになりますよね。この兄弟がみんな、すごくよくしてくれるし、震災のときもいろいろ助けてもらったし、それなのに私のワガママで、まあ何十年も一緒にいればいろいろ嫌なこともあるけど、そうも言ってらんないなって思うようになりました」

そこまで話すと、「あ、これ長女とそのダンナです」と写真を見せてきた。若い二人が仲良く並んで笑顔を浮かべている。続いて、「これは、私のダンナと次女ですね」と言って画面を私の顔に向ける。野外で写されたもので、優しそうなご主人が、娘さんと笑っている写真だ。震災前に離婚まで話し合ったという、険悪な空気は微塵《みじん》も感じられない。幸せそうな家族の休日といったスナップショットである。私は思わず口にした。

「ダンナさんも笑顔で写ってますねえ」

「私ね、小野さんになんだかんだ言いましたけど、子供たちの前で大きな喧嘩って、したことがないんですよ」

「そうなんですね。真面目そうだし、優しそうなダンナさんじゃないですか……」

「真面目は真面目ですね。ふふふっ」

満更でもないという笑いを漏らした。そんな彼女に私は意地悪な質問をする。

「ということはあれですよね。離婚はしないけど、彼氏は作るという……」

「うーん、弱いんですよね。私自身が。そういう支えがないとやっていけないというか……」

そこで小さな間が空く。

「ただ、世間でいうところの不倫なんだけど、ばれないように頻度を少なくして、ほんと、今日確実に会えるかなっていうときに日帰りで会って――それも数時間ですよ。その人には会うたびに、『いま私とこうしてるけど、ちゃんと結婚して子供を作って幸せになってちょうだい』と話してます。ゆくゆくは私がどんどん年老いて、いつまでもこの関係でいられるものでもないし……。彼からは『一緒になれたらいいな』って、ぽろっと言われることもありますけど、それは無理だってはっきり言ってます」

ユキコさんはさらに言葉を継ぐ。

「あと、彼は県外からわざわざ時間をかけてやって来るんで、二人で会うときのおカネに関しては、私が持つからって話してます。そういうおカネも、この仕事をしてるからこそ出せるので、『いまの仕事をしてるうちは甘えて』って。実際、自分のことをわかってくれるっていう人がいると思うと、仕事へのパワーになりますからね。感謝してるんです。それに、全部を男性に出させるっていうのは私、嫌なんで……」

「ユキコさんは自分のことは自分でっていう気持ちが強いんでしょ」

「んですねえ。ふふふ……」

「そういう意味でいえば、独占欲が強くないってことですかね？」

「いや、私が独身じゃないから……。同じ立場だったら、独占欲を持つかもしれないですね。それに私が十歳上じゃないですか……。それはダメだって思ってます。とはいえすごく好きなんですよ。ここまで本気になった人は初めてです」

私は素直な疑問を発した。

「そういう好きな存在がいて、その一方で、仕事で別の男性とああいうことをするじゃないですか。それに対してはどう折り合いをつけてるんですか？」

「もう、割り切ってますね。ビジネスとして」

彼女は身を乗り出し言い切った。そして付け足す。

「ただ、来ていただいてる間は疑似恋愛ですね。そういう姿を見て、逆にたまに勘違いされることもあります。そんなときは私、全部喋るんですよ。『ダンナもいるし』って。で、それでもしつこいときは、『私、彼氏いますし』って言っちゃうんです。向こうは『えーっ、じゃあ二番目の彼氏にしてよ』だとかね。私も『そ～れは無理だね』みたいな……」

ユキコさんは朗らかに笑った。

「ちなみに、彼氏はユキコさんの過去の男性についても全部知ってるんですか？」

「いままでの男性についても全部話してるから、わかってますよ」

「やっぱり隠し立てをしないで全部喋っちゃうわけだ」

「変なところで馬鹿正直なんですよね。ふふっ……」

小さく笑った。私はこれまで取材を重ねるなかでずっと、彼女はなぜここまで自分のことを、第三者である私に詳《つまび》らかに明かしてくれるのかと疑問に思っていた。そのことについて尋ねるいい機会だと思い、やや回りくどい表現で言葉にした。

「これまで風俗で働く女の子を取材してきて思うんですけど、この職種の人って、自分を守るためにところどころ嘘をまじえて話をしてくることがあるんですね。だけど、ユキコさんの話にはそれが感じられないんですよ……」

「ふふふ。だから、あまりにも見抜かれるんですよ。馬鹿正直だから。いまの彼にも前の彼にも言われたんですけど、『人の話を全部鵜呑《うの》みにするね』って。だからお客さんの話も『ああ、そうなんですね』って、全部本気にして共感して聞いてます。もちろん嘘をついている方もいるかもしれないですけど、たとえそれが嘘だったとしても、その時間だけでも信じてあげないと、失礼じゃないですか」

途中で少し論旨がずれたことを感じたが、あえて遮ることはしなかった。彼女はそのまま続ける。

「で、ご存じのように私、ダンナにも公認で働かせてもらってるじゃないですか。だからお客さんに『どこから来たの？』って訊かれたら、よっぽど変な人じゃない限りは、

『ああ、××あたりですよ』って正直に答えてます。全部言うから、『そんなに自分のことを喋る人っていないね』って。でも隠すことないから……。ただダンナも、私が家に帰ると『今日はどんなだった？』とかそういうことは一切、聞いてこないし、私も喋らないのね。ある意味それは互いの愛情だって感じてますね。だってね、申し訳ないって気持ちもあるから。私もダンナに……」

ユキコさんが夫との関係について初めて「愛情」という言葉を使ったことに息を呑んだ。こうなると話題をふたたびそちらに移行させるべきだろう。

「やっぱり時間の経過で、だんだんそういう気持ちになってきたってことですかね……」

「夫婦って、そう簡単には（別れられない）って部分がありますよね。だから支え合うというか、ダンナが借金こさえて帰ってきたら、だったら奥さんが働いて返せばいいっていうか、だんだんそういう考えに変わってきたから。損得では考えちゃいけないですね。やっぱり夫婦だから、よっぽどひどいＤＶとか……」

「ああ、そういうことが……」

「ないんですよ。一切ないし、子煩悩だし……」

彼女は「ないんですよ」と言うとき、躰を前に乗り出し声を上げ強調した。私は自分の意見を述べる。

「なんていうか、最初にインタビューした頃といままでは、ユキコさんがダンナさんのことについて話す口調が違ってますもんね。優しくなってる」

「ちょっと、あんときは自分本位に考えすぎてたかなっていうのがありますね。で、震災があって、いろいろ大きなところで世間を眺めて、あ、私のストレスはこんなちっちゃいもんなんだなって……。もっと大変な思いをしてる人はいっぱいいるし、なんだかんだ言っても、ご飯食べさせてもらってるし、家だって建ててくれて住まわしてもらってるし、子供も健康に産ませてもらったし……。私はまだ幸せなほうかなって。で、こういう仕事もさせてもらってって言ったらおかしいけど、この仕事のおかげで、いろんな人との出会いがあって、自分の糧になるものもあったから……」

ユキコさんはソファーの背もたれに身を任せ、思いを馳せる。

「もし震災がなかったら、どうでしたでしょうね？」

「たぶん、離婚してたと思います……」

「そっか、そこで変わったんだねえ……」

私は〝素〟の言葉で相槌を打った。すると彼女は呟く。

「だから、こう言っちゃ悪いけど、震災に救われた夫婦関係なんですよね……」

「いやいや、ユキコさんだってご両親を亡くしたわけだし……」

「けどそれで気付かされたことがあったんですよね。こう平凡で、人も物もふつうにあると、満たされすぎて、そういうのわかんないと思う。ポンといなくなっちゃって、ああ、こんなに命ってすぐになくなっちゃうんだって……。失って、どんだけ支えてもらってたかってのを痛感しますよね。だからその、両親に対しての、ああ、ありがたかったんだなっていうのが、すごいわかったし、それを今度は子供にも……。私がおばあちゃんとして支えていってあげないといけないいなっていうことも感じたし……」

私はひたすら頷く。

「で、いま多いじゃないですか。誰も協力してくれる人がいなくて、子供を死なせてしまったとか、殺したとか。それだって、おじいちゃんおばあちゃんに協力してもらえたら、そうはならなかったと思うんですよ。自分も経験してるからわかるんですね。四六時中、子育てをしてると、なんで泣き止《や》まないんだろう、なんで言うことききかないんだろうって、カーッとなって、手を上げそうになることがあるんです。で、我に返って、ああ、これじゃいかん、って……。そういうときに、うちは実家が近いんで、おじいちゃんおばあちゃんがしょっちゅうやって来てくれた。育児から解放される時間を与えてくれたのも両親ですね。で、そうならずに済んだんですよ」

時計に目をやると、許された時間が迫ってきていた。そこで私は話題を変える。

「今年で震災から五年じゃないですか。この五年って早かったですか？」

「早いですね。早い。一日が早いし、一週間が早いし、え、もう五年、みたいな？」

間髪を容れずの回答だ。

「お客さんには変化ありました？」

「そこは変わりないですね。入った当初からのお客様がけっこういますし、最近リピーターになったお客様もいます。で、去年の秋ぐらいに面白い現象があって、二年ぶりとか三年ぶりのお客様がまとまって私に会いにやって来たんです。来ていたときは短期間に集中して来ていて、そのあとピタッと来なくなったお客様たちだったんですけど、すんごいありがたかったですね」

聞けば、これまでに聞いた彼女の話に出ていた、津波で親族を亡くす経験をした客たちも、その多くがいまだに継続して顔を見せているとのことだった。ユキコさんは話す。

「震災前からやって来てくれているお客様で、建てたばかりの家を津波で流された方がいたんですね。その方が先月やって来て、『やっと土地を買ってもらったど～』って。自分の住んでいた土地を石巻市がようやく買い取ってくれたらしいんですよ。それでおカネが振り込まれるので、新しい家を建てることが決まったという報告でした。そのお客様は家を流されたストレスで精神安定剤を飲むようになって、いまも飲んでいるらしいんですね。だけど『やっとこう、運気が上り始めたかなあ』と笑顔でした」

そうなのだ。間もなく五年が経つとはいえ、まだいまも復興の途中なのである。そうした男たちの束の間《つかま》の癒やしの時間をユキコさんが提供してきたことは、紛れもない事実だ。私は最後の質問として彼女に尋ねた。

「いつ頃まで風俗の仕事を続けますか？」

　にこやかな目がこちらに向いた。

「需要がある限り、みたいな。けっこう『まだまだやめないでよ』っていうありがたいお客様がいて、『ユキコが五十過ぎても、俺は来るから。やめないで』って言われたりとか……。ああ、そう思ってくださる方がいるっていうのは、私は幸せ者だなって。ありがたいなって思ってますね」

「たしかに、四十代で始めた仕事ですもんね」

「うん、うん、初めての仕事で……。自分がここまで続くとは思ってませんでしたし……。今日もはじめについたお客様が、『五年越しに来たよ』って方だったんです。ずっと震災前から会いに行こうと思ってて、でも都合のいいときに電話すると『今日は予約でいっぱいです』って言われてて、仕事とのタイミングが合わなかったそうなんですね。それでやっと今日タイミングが合って、『ユキコさんに会いたい、会いたいで、今日まで五年かかりました』って……」

　そこでユキコさんが続けた言葉がふるっていた。

「そう言われたんで、『あのね、五年経って〝使用前、使用後〟じゃないですけど、私、かなりあれですよ』って返したんですね。そうしたら『いや、ユキコさんのＡＦを味わってみたくって』と、私のいいとこだけを見ててくれたんですよ、あはは」

それはまさに、彼女の風俗入りを後押しした〝特技〟が、仕事の延命をも後押ししてくれているかのような出来事だと思った。

すっかり嬉しくなった私は、その屈託のない笑顔を眺めながら何度も頷いていた。

*

三人——。

二〇一六年一月上旬、ユキコさんと会うために石巻市へ向かうことを考えた私は、これまでに話を聞いてきた女の子たちの消息を探った。その結果、現在も同じ店にコンスタントに出勤しているのは、本稿に登場する九人のうちいま挙げた数の女の子だった。

この数が多いか少ないかということでいえば、平均よりも多めの割合だと思う。なにしろ、東日本大震災の発生から間もなく五年なのである。新陳代謝の盛んな風俗業界で同じ店に五年というのは、それだけの長きにわたり客から求められてきたからに他ならない。

ちなみに、残っているのは震災の前から仕事を始めていたヒトミさん、ユキコさん、シホさんだ。

風俗業界は女の子が忽然《こつぜん》と姿を見せなくなる世界である。

そしてその後の消息を外部の人間がたどることは、ほとんど不可能といっていい。

まず一一年の夏前にラブさんが、本人が私に耳打ちした通りにいなくなり、続いて一二年の半ばにはチャコさんが姿を消した。その後一三年になり、アヤさんは店のホームページには名前を残すものの出勤することはほとんどなくなり、サオリさんは出勤しているのだが、以前よりもその日数が減った。そして、一三年から一四年へとまたぐ時期に取材したミヤビさんとサキさんは、一五年の夏にはすでに、それぞれの店のホームページ上から消えていた。

一六年一月になり、アヤさんとサオリさんの去就について電話で尋ねた私に、オーナーのシライさんは、以前と変わらぬゆったりとした口調で答えた。

「アヤさんはねえ、やっぱり精神的な不調が続いてて、まだ病院に通ってるみたいなんだよね。だからもう一年以上出てないのよ。サオリさんはなんか昼の仕事で就職が決まったらしくって、店を辞めたわけではないんだけど、滅多に出れない状況なんだよね」

はたしてサオリさんの、地元に家を建てるという夢は叶ったのだろうか。昼の仕事に転職を決めたということは、きっと願いは実現したんだろうと一方的に思うことにして、電話を切った。

いま振り返ると、この取材の渦中、私自身はずっと逡巡のなかにいた。これまでに経験してきた国際紛争や凄惨な殺人事件の取材よりも、心の振れ幅が大きかった。未曽有の自然災害による甚大な被害を取材し続けるなかで折れそうになる心に、不遜ながらも好奇心と罪悪感を混ぜ込んでしまったのだ。精神的な上りと下りの半端ない落差に、時折振り落とされそうになった。

そんななかで、やはり長期にわたって話を聞かせてもらえたユキコさんとの出会いは、大きな救いだった。彼女はこちらが知りたいと思うことについて、すべてを包み隠さずに話してくれたのだ。取材者である私にとって、それ以上の勇気や希望の糧はない。

じつは最終章の取材をするために石巻市で彼女と会った際、私はそれまでに書き終えた彼女に関する原稿をすべてプリントアウトして持参していた。そして、目の前で読んでもらったのだ。そこには赤裸々な内容の発言も含め、聞いた限りの話を詰め込んだつもりだった。もし、彼女が翻意して「こんな話を出されたら困る」と口にしたら、出版そのものを諦める覚悟をしていた。

三十分以上かけて原稿を読み終えたユキコさんは私に顔を向け言った。

「すごいこう、細かく書いてて、この原稿に私の人生がぐっと入ってる気がします」

そして頭を下げ、「どうもありがとうございます」と続けた。

「いえ、こちらこそありがとうございました」

私もすぐに頭を下げたが、極度の緊張から一気に解き放たれたせいで、呆《ほう》けたような顔をしていたに違いない。

ユキコさんと別れた私は、宿泊先へ戻ると取材道具を部屋に置き、夜の街へ出た。

やっと終わった……。

この解放感は、何物にも代え難いものがある。私は迷うことなく馴染みの焼き鳥屋を目指した。何度もナカムラさんと会っている、あの焼き鳥屋である。今日は二年ぶり。

はたして常連のナカムラさんに会うことはできるだろうか……。

この角を左に曲がると店の看板の明かりが見える、はずだった。だが、薄暗い路地にはなんの明かりもない。その日は平日。休みのはずはないのだけれど……。訝《いぶか》りながら近づくと、消えている看板どころか、店があったはずの場所は、更地になっていた。

街なかへでも移転した？

まずそう考え、携帯電話で店の電話番号にかけるも、使われていない。

まあ、どっか近所の知ってる店で聞けばいいか。私はあくまでも気楽だった。

店をやっているのは二十代の女性。もともとは祖母が半世紀前に開店させた焼き鳥屋を二十歳そこそこで手伝い始め、やがて引き継ぐことを決意した三代目の彼女は、ときには同級生に手伝ってもらいながら、一人で店を切り盛りしていた。

笑顔が可愛《かわい》らしく、明るく健気《けなげ》な印象しかない。

震災のときにはカウンターの高さの津波が店を襲い、祖母の代から使っているタレを流された。その際に彼女は、引退した祖母の指導を仰ぎながらタレを一から作り直し、濃口で甘めの、以前からの味を取り戻したのだと、ナカムラさんから聞いていた。

私が初めて店を訪ねたのは一一年の秋口のことだ。ホテルから近いという理由での、飛び込みだった。たしか二度目に立ち寄ったときに、震災取材で長期滞在中のフィンランドのテレビクルーが集団で食事をしているところに出くわしたのである。そこで私が拙い英語で通訳を買って出たことをきっかけに、店主の彼女とは言葉を交わすようになっていた。大勢の客を前に懸命に働くその姿に感動を覚えた私は、その後も石巻に泊まるたびに顔を出し、店のネーム入りのタオルをもらったりもした。

前回、一四年一月に来たときには、「小野さん、最近本を出したんですよね」と彼女に言われ、嬉しくなって鞄《かばん》のなかに一冊だけあった拙著を手渡した。

「あ、じゃあ今度来たときにサインしてくださいね」

それが彼女から聞いた最後の言葉だった。

「あそこ、去年のお彼岸に火事になったのよ。仏壇のロウソクの火が原因らしいんだけど、店の上が住まいになってるでしょ。それで、いつもお店で頑張ってた娘さんが……」

彼女の訃報を耳にしたのは、次に訪ねた馴染みのバーでのことだ。

享年二十七。あの震災を乗り越えてきた彼女が、まったく別のかたちで命を落としてしまったことが口惜《くや》しく、残念でならない。そしてなんともやるせなかった。

一介のライターである私にできることは、せめて彼女が懸命に生きてきたという証《あかし》を、この世に活字として残してあげることくらいしかない。

江里子《えりこ》ちゃん、これまでありがとう。ゆっくり休んでね。

文庫版　アフターアワーズ

二〇一九年夏。あの震災の日から八年半が経った――。

到着した仙台駅でレンタカーに乗り換えた私は、進路を北に向ける。

カーナビに頼らなくても、目的地である石巻に行ける自信はあった。さらにいえば、現地でどう動くかについても、頭のなかで計画が組み立てられていた。

約一時間で三年ぶりの石巻に到着し、宿泊先のホテルに荷物を置いた私は、レンタカーを運転して近くのラブホテルを目指す。ホテルからラブホテルへの移動。というのも、私が泊まるビジネスホテルの部屋に〝彼女〟を呼ぶことはできないからだ。

「あら～、お久しぶりです」

私が待つ部屋の扉を開けたその人は、驚きの声を上げる。

黒いノースリーブのサマーセーターに朱色のロングスカートという出《い》で立《た》ち。見た目の雰囲気は、三年の時を経てもなに一つ変わっていない。彼女、ユキコさんはいまもこの街のデリヘルで仕事を続けていた。

簡単な挨拶に続いて、店への入室報告などの必要な作業を終えた彼女に近況を尋ねる。

「いまは長女に二人目の女の子が生まれて、その世話をしてますよ。長女のとこは女の子二人なんです。だけど、初孫は××県で結婚した長男のとこの男の子。だからいま孫は全部で三人ですね」

前回会ったときは、長男と長女が結婚したという話を聞いていた。それから三人の親族が増えたことになる。たしか、彼女には高校を卒業して就職した次女もいたはずだが……。

「もう結婚してます。去年。おかげさまで」

次女は高校時代から付き合っていた同級生と結婚したそうだ。私は訊く。

「てことは家でダンナさんと二人で暮らしてるんですか？」

「そう、ですねえ。ははは。あと猫二匹と……」

家族についての説明はそこそこに、気になっていたことを問いかける。

「あの、単行本（『震災風俗嬢』）が出て、誰かにユキコさんのこと、バレたりしなかったですか？」

するとすると彼女は笑う。

「バレたっていうよりも、リピーターさんで、たまたま読んでくださってた人がいて、『これ、もしかして、ユキコさんじゃない？』って。それで『はい』って答えて……。

わかんないように書いてあるけど、そのリピーターさんって長い付き合いの人で、私もいろいろ話してたんですね。それで、すぐわかったみたい。あと、店の女の子が読んだみたいで、『もしかして?』って聞かれて、『そうだよ』って。あとは、誰にもバレてないですね」

あれだけプライベートに踏み込んだ内容にもかかわらず、隠そうとはせずに肯定する。ユキコさんは相変わらずおおらかだ。

「最近は彼氏は?」

「あっ、前に最後に話した県外の方ですよ」

客として知り合い、彼女が悩みを抱えていたときに、他県から三時間半かけて会いに来た、十歳下の彼氏のことだ。前回、話を聞いた際には一、二カ月に一度会っていると話していた。

「まだ続いてるんですね。どのくらいの割合で会ってます?」

「いやあ、もうねえ、私も孫ができてから、やっぱり孫の世話とか、家族で過ごすことが増えて、それと同時に、向こうも仕事がすごく忙しくなって、一年に多くて三回くらいですね。逆にその前にいろんなことがあって……。ダンナの問題がいろいろわかったんです」

思いがけない発言に、つい前のめりになる。

「結局やっぱり借金をいろいろこさえてたんですよ。私も震災前から薄々は感じてたんですけど……。それで、手っ取り早く言えば、私も彼氏の存在がバレたんですよ。ダンナに」

音楽でいえば転調のような、予想を超えた展開に唖然《あぜん》とする。だが彼女は落ち着いたものだ。

「いつ頃に？」

「いつだったかな。前に話をしたちょっと後ですね」

そう口にすると、照れ笑いを浮かべる。

「えへへ、彼氏のことがバレたのは、ディズニーランドに連れて行ってくれたり、いろんな旅行に行ってて、その思い出の写真をＤＶＤに焼いて私にくれてたんですよ。そういうのが得意な人だから。それをたまたま簞笥《たんす》のなかにポンと置いておいたら、ダンナがなにか物を探すときに見つかってしまって。見たんですよ、人の物を」

最後の「人の物を」と口にした際の声色は、明らかにご主人を非難するトーンだった。ユキコさんは続ける。

「それで、なんじゃこれは、とえらい勢いで怒られて、『いや、でもお父さん、私のそういうことを責める前に、借金してるでしょ。なんでそれを言わないの』って言い返したら、そこでシューンとなっちゃって。なにも言えなくなっちゃって。なので私は『自分のことを棚に上げて人のことを言って、たしかに私、彼氏いたけども、家庭をないがしろにする行動は一切してないよ』って。『ちゃんと仕事もやって、家事もやって。それでお父さんから生活費も一切もらってないよね。それで私が自分でやり繰りして、孫だ娘だって、全部私がやって。そういうの、なんとも思ってないの？』って。実際のところ、息子の結婚費用、結納金、娘たちの結婚式をするにしても、全部私が出しましたから。『文句言えないよね』って……」

一気に形勢が逆転してしまったわけだ。私は質問する。

「その借金はなにが原因だったかは聞いたんですか？」

「それだけは頑《かたく》なに教えてくれないです。で、私ももういいって。理由がどうであれ、借金したことに変わりはないから、もういいって。で、どうすんのって聞くと、『とっくに債務整理をして、もうすぐ終わるから』って。やっぱりそれなりの金額だったから、私もびっくりして……」

「いくらですか？」

「一千万。もう、なんでって感じですよ。ダンナの口座から光熱費や家のローンが引かれてるのはわかるけど……結婚した当初、お父さんがそれを払い、私が食費や子供たちのことは払うからということで、分けちゃったんですね。それがずーっと続いてきちゃったんです。ただ、それで残りを互いに貯金するって話だったんですよ。けど、単身赴任を一度してから、おカネについておかしくなっちゃって。一度借金ができて、それは返したんですけど、また借金しちゃって……」

同じ文脈のなかに「ダンナ」と「お父さん」が混ざることが、彼女の困惑を表している。だが、全体を通じてユキコさんはどこか突き放した口調だ。三年前に縮まっていた距離がふたたび開いたのかもしれない、との印象を抱く。

「借金の原因がわからないのって、気持ち悪くないですか？」

「まあ、女遊びをしたり、ギャンブルをしたりってことは、しょうがないと思うんですよ。だけど、言わない。だからわかんないんですよ」

「たしかご主人は、ユキコさんが風俗で働いてることは知ってますよね？」

「知ってます、知ってます」

「だけど、そちらには嫉妬せずに、彼氏の存在には嫉妬したんですか？」

「そう、なんですよ。私に（風俗で）働いてもらわないと大変だからでしょうね。それで彼氏の存在がわかったときに、『でも、俺は別れるつもりはないけど、どうすんの や？』って言われて、私は子供たちのために仮面夫婦であろうが、お父さんお母さんの存在は必要だと。やっぱりどんな親であろうが、離婚ということで、子供たちに迷惑はかけたくないと言いました。そのときすでに息子は結婚してたんですね。で、みっともないじゃないですか、嫁さん方の実家に対しても。それに、今後、娘も結婚した、子供が生まれたってときにも、やっぱり夫婦揃って協力して、子供が生活しやすいように、おじいさんおばあさんとして役目を果たしていきたいから、離婚は考えてないんです。でも、実際ここまで来る間、おカネがないから、私を旅行に連れて行くとか、誕生日のプレゼントとか、そういうのは一切なかったです。もう、まったく」

やはりユキコさんには鬱憤が溜まっているのだろう。一気に状況を説明すると、最後はご主人がなにもしてくれなかったとの愚痴になる。

「彼氏と旅行に行くときは、どういう理由を話してたんですか？」

「会社の友だちと、仲良しさんと行くって嘘をついて」

「ディズニーランド以外はどんなところに？」

「ディズニーランドは二年続けて行って、あとは彼氏のいる××県に私が新幹線で行って泊まって……それくらいですね。やっぱり彼氏の存在がいまの仕事を続ける励みになってるんですよ。お父さんにはたとえば仕事の愚痴とかは言えないし、言いたくないから。その点で、彼氏には精神的な支えになってもらってますね」

三人いる子供たちのなかで、長女だけがユキコさんの彼氏の存在を知っている。その長女は母の交際に理解を示してくれているという。

「まあ私もいい年じゃないですか、それこそいつ死んじゃうかもわかんないし。それで私は娘（長女）に託してるんですね。もし私になんかあったときには、向こうに連絡してくれって。だから許可を取って、彼氏の携帯を娘に教えてるんです」

「そういう話を……」

「そういう話をするようになりましたよ、ははは」

　彼女に初めて会ってから八年。私はますます時間の経過を感じる。

「お客さんとかはどうですか、ここ三年くらいの間に、なにか変化はありました？」

「長く引き続き来てくださるお客さまもいますけど、ぷつんと来なくなったお客さまもいますね。かと思えば、最近また新しいお客さまも増えてますし、減ったと思えばまた増えて、みたいな……。ただ、震災後一、二年の全盛期ほどではないですよ。あの頃から比べたら減ってます。あのときって一カ月で九十から百人は来てましたけど、いまは六十から七十人ってところです」

「石巻はデリ（ヘル）は増えたんですか？」

「かなり増えましたね。増えて……。被災地は稼げるって噂がまわって、関東とか関西の業者が女の子を連れてきて、すごく出店してたんですよ。でもまあそういう店が出ては消え、出ては消え、それはいまでも……。で、長く続かないんですよ」

「お客さんの傾向に変化はあります？」

「いや、まったく変わらないですね」

「地元とよそから来た人はどっちが多いんですか？」

「もちろん地元の方が多いですね」

そこで私は、かつてユキコさんから話を聞いた客についての話題を振る。

「三年前に話を聞いた、『やっと土地を買ってもらったど～』って言ってた人、あの人とかってまだ来てます？」

「ええ、ええ、ええ、来てます。その方も前の家が売れたおカネで別の場所に新しい家を建てました。彼については、これまでの流れをずっと聞いてますね。石巻市の対応がすごく遅くて、被災した土地を買い取ってもらうまでに五年くらいかかって。で、それからも思うように進まなくて、なかなか家が建たないからすごくやきもきしてたんです。かなり精神的に参ってたから、私も前にそういう経験があったのでアドバイスしてたら、あとになって、あのときはすごい助かったって言われました。それもあって、ここ二年くらいは、『前はユキコちゃん以外もポツポツ呼んでたけど、いまはユキコちゃん以外は呼べなくなっちゃった』って。でも逆ですよね。私の方が励まされてましたから」

「あの、もっと前に話を聞いた、奥様と娘二人、それに自分と奥様両方のご両親を亡くしたって方は？」

「いや、来てないです。ただ、久しぶりに来てくださったお客さまが、『（東京に）オリンピックの建設に行ってた』って、そういう理由で石巻を離れてたりとかもあるので、どこかで仕事をしてるのかもしれません。それはわかんないですよね」

それから石巻市内のどこの土地が現在はどういう具合になったという話をしていると、あと十分でプレイ時間が終了するというアラームが鳴った。そこで私は三年前と同じ質問をする。

「いつ頃まで風俗の仕事を続けますか?」

「うーん、まだでしょうね。リピーターさんなんかで、『やれるだけやってね』って言ってくださる方が何人かいるので、おかげさまで体力が続く限りは……。だけど、ここに入ったときとは躰が全然違うんで。疲れやすくなってるんですよ。だから昔みたいに長い時間は出なくなりました」

ついに来るときが来たかと思うのも束の間、さすがはユキコさんという話がそこに続く。

「じつは去年、恥ずかしながら一年間、パーソナルジムに通って引き締まったんですよ。一年頑張って八キロ(グラム)減らしました。まあ、いまはリバウンドしましたけど。でね、うふふふ……。そのときに、筋トレで体力がついて躰も締まったと思ったので、フルマラソンに挑戦しました」

「えっ、走ったの?」

「走りました。時間は五時間台だけど、完走しました」

さすがにパーソナルジムは高額だったため、今年になって退会したらしいのだが、つい二カ月前にも十キロメートルマラソンに出場したそうだ。まったく、彼女の行動力には驚かされる。と同時に、嬉しくさせられる。

「でもね、お客さんからは痩せてた時期の躰について、あとになって、あのときはやつれてたって言われたんです。あばらも出て、気持ち悪かったって。あはは、ひどいでしょ。こっちは一所懸命頑張ったのに……」

笑いで締めくくることのできる関係。ただただそれが、ありがたい。

帰り道、通っていた焼き鳥屋のあった場所に立ち寄った。そこは三年前からなにも空気が動いていないかのように、更地のままだ。ある程度は覚悟していたが、やはり実際に目の当たりにすると、寂しく、そして悲しい。瞑目し、手を合わせた。

この街にはいつしか、私自身の心の琴線に触れるものが溢《あふ》れている。

日が暮れてから、歓楽街の立町へと出かけた。食事をしてまず向かったのは、すっかり馴染みとなっている、津波被害を受けたあとで最初に営業を再開したスナックだ。

「あら、小野さーん、久しぶり。こっちでなんかあったの？」

途中で出先から戻ってきたママは、以前にも増して逞しさに溢れていた。客も次から次へとやって来て、ママは忙しく立ち回る。相乗効果なのだろう。勢いが勢いを呼ぶといった感じだ。この店内に限っていえば、もはやリスタートといった段階は、遥か過去に追いやられている。いや、彼女自身の手で追いやったのだろう。

その夜、とある場所でナカムラさんの去就を耳にした。現在は手がけていた商売を畳んでいるとのことだった。「なんかちょっと前に、心ここにあらずって感じで、ぼーっと歩いてる姿を見かけましたよ」との言葉に、胸が少し重くなった。

出会った人には、幸せになってほしい——。

そんな思いがある。

もちろんそれが、いかに理想的な戯言《たわごと》かということはわかっている。

だが、だからこそ子供のように願いたいのだ。そしてこの目で見たいのだ。あらゆることの先に生まれた、その人の笑顔を。

酔眼朦朧《もうろう》として歩きながら、なぜかそのことだけはしっかりと、胸のなかにあった。

本書は、二〇一六年三月、書き下ろし単行本として
太田出版より刊行されました。

口絵写真／小野一光
図版／今井秀之
本文デザイン／高橋健二（テラエンジン）

JASRAC 出 1911258-901

集英社文庫

震災風俗嬢《しんさいふうぞくじょう》

2019年12月25日　第1刷　定価はカバーに表示してあります。

著　者　小野一光《おのいっこう》

発行者　徳永　真

発行所　株式会社　集英社
東京都千代田区一ツ橋2-5-10　〒101-8050
電話　【編集部】03-3230-6095
【読者係】03-3230-6080
【販売部】03-3230-6393(書店専用)

印　刷　株式会社 廣済堂

製　本　株式会社 廣済堂

フォーマットデザイン　アリヤマデザインストア　マークデザイン　居山浩二

ISBN978-4-08-744060-7 C0195